THE POPULAR
IMPERIAL
25¢
MATINEE
TO-DAY
R'S PLACE.
TS
OYSTERS
PER DOZEN
25c
JOBLESS MEN
KEEP GOING
WE CAN'T TAKE CARE OF OUR OW
CHAMBER OF COMMERC

A. E.
HOTCHNER

Die erstaunlichen ABENTEUER des Aaron Broom

A. E.
HOTCHNER

Die erstaunlichen ABENTEUER des Aaron Broom

MIT ILLUSTRATIONEN VON
Tim Köhler
Aus dem amerikanischen Englisch von
Anja Malich

GERSTENBERG

Ich widme dieses Buch und
Aaron Brooms unerschütterlichen Geist
den mutigen Kindern des »The Hole in the Wall«-Camps

Erstes Ereignis

Wo die Olive Street auf die Tenth trifft, war viel los – zahlreiche Trambahnen fuhren hier kreuz und quer und am Warenhaus *Scruggs, Vandervoort & Barney* wimmelte es nur so von Käufern, obwohl es, um ehrlich zu sein, in diesen schwierigen Zeiten mehr Schau- als Kauflustige gab.

Es war der allerletzte Ort auf der ganzen Welt, an dem man mit so etwas gerechnet hätte. Helllichter Tag, 28. Juni, die Sommersonne so heiß, dass der Teer auf den Straßen weich wie Marshmallows wurde, und im überdachten Spielerbereich im Baseballstadion der *Cardinals* wirbelten die Ventilatoren die schwüle Luft von einem Ende zum anderen.

Ich saß in unserem Ford in einer Sackgasse. Mein Vater hatte ihn dort abgestellt, direkt gegenüber dem Juweliergeschäft *J & J*, wo er um drei Uhr einen Termin hatte, um dort seine *Bulova*-Uhrenkollektion zu präsentieren. Sie befand sich in einem großen Lederkoffer, den er auf Rädern hinter sich herziehen konnte. Ich sollte im Ford sitzen bleiben, um Ausschau nach den »Beschlagnahmern« zu halten, wie mein Vater sie nannte. Mein Vater hatte ständig Angst vor ihnen. Das waren zwei Typen von der Finanzierungsfirma, hatte er mir erklärt, die einen Beschlagnahmungsbescheid hatten, mit dem sie uns unseren Ford wegnehmen konnten, weil mein Vater die Raten dafür schon seit vielen Monaten nicht mehr bezahlt hatte. Eigentlich konnte mein Vater gar nichts mehr zahlen, auch Strom, Gas oder Miete nicht. Er sagte immer: »In einer so schlimmen Wirtschaftskrise wie dieser sollten sich alle ein wenig zurücknehmen.« Als ich ihn fragte, woran ich die Beschlagnahmer erkennen würde, meinte er, die könne man gar nicht übersehen. Der eine sei breit und fett mit einem Schnurrbart wie dem eines Walrosses, der andere lang und dünn und beide trügen schwarze Anzüge und Melonen. Wenn ich sie sehen würde, sollte ich vier Mal hupen, dann käme er ratzfatz über die Olive Street gerannt, um mit dem Ford davonzubrausen, während ich flugs über die Olive laufen und den Uhrenkoffer holen sollte. Ich glaubte zwar nicht, dass die im Juweliergeschäft den Koffer an einen zwölfjährigen Jungen rausrücken würden, sagte aber nichts, weil ich mir ziemlich sicher war, dass die Beschlagnahmer nicht extra bis in die Innenstadt kämen, um auf der Olive nach unserem klapprigen Ford zu suchen. Mein Vater jedoch befürchtete sie schon seit Monaten hinter jeder Ecke.

»Noch eins – egal was passiert«, hatte mein Vater mich gewarnt, »ob zwei Trambahnen ineinanderkrachen oder *Scruggs, Vandervoort* abbrennt: Du bleibst bei unserer Bertha. Ohne sie komme ich nicht zu den Kunden auf meiner *Bulova*-Liste und müsste wieder diese grauenhaften Glaskerzen verkaufen.«

Damit meinte er hohle Glasröhren mit bunten Fäden darin und oben guckten rote Fäden raus, die wie Flammen aussehen sollten. Eine Weile war er mit den Dingern von Tür zu Tür gegangen und hatte versucht, sie an den Mann oder die Frau zu bringen, aber da alle unter der Krise litten, war niemand wirklich in der Stimmung für falsche Kerzen. In der Stimmung für Uhren allerdings auch nicht, doch immerhin bekam er fünfundzwanzig Dollar in der Woche von der Firma *Bulova*, was einen Teil der Kosten für die Behandlung meiner Mutter im *Fee-Fee*-Sanatorium in Creve Coeur abdeckte, und sogar für unser Essen blieb noch ein bisschen was übrig, für die Miete allerdings nichts mehr. Die Stelle bei *Bulova* hatte er erst seit März und er wollte unbedingt endlich ein paar Uhren verkaufen, damit er die Stelle auch behielt. Die meisten Uhren waren nur Attrappen ohne Innenleben, aber aufgereiht in dem Musterkoffer sahen sie einfach wunderschön aus.

Vom Ford aus beobachtete ich in der glühenden Nachmittagssonne, wie mein Vater den Koffer über die Straße zu der Tür des Juweliers zog und dort auf einen Knopf drückte, um eingelassen zu werden. Als er die Tür aufschob, drängte sich ein fetter, bärtiger Mann im Overall und mit tief ins Gesicht gezogener Tenniskappe schnell hinter meinem Vater in das Geschäft, bevor sich die Tür wieder schloss. Ich hatte sofort dieses komische Gefühl, das mich immer vor schlechten Nachrichten überkommt, wie damals, als der Doktor meiner Mom das Abhörgerät auf den Rücken gedrückt hatte und mir, noch bevor er es sagte, klar gewesen war, dass sie ins Sanatorium müsste. Genauso fühlte ich mich, als sich der fette Mann hinter meinem Vater in das Juweliergeschäft drängte. Ich ließ die Tür nicht aus den Augen, weil ich hoffte, meinen Vater mit seinem Koffer bald wieder rauskommen zu sehen, was aber nicht geschah. Was geschah, war, dass es krachte – Schüsse fielen und die große Schaufensterscheibe, auf der in eleganten Lettern *J & J Jewelers* stand, zerbarst in tausend Stücke. Und dann flog die Tür auf und der fette Mann kam mit einem Beutel in der Hand heraus, in der anderen hielt er eine Pistole, die er auf der Straße in die Tasche schob, bevor er in der Menge vor *Scruggs, Vandervoort & Barney* verschwand.

Da die Tür des Geschäfts jetzt offen stand, sah ich meinen Vater mit seinem Koffer in Richtung Ausgang gehen, aber noch ehe er einen Fuß auf die Straße setzen konnte, kam ein Schupo mit gezückter Waffe angerannt und stieß ihn wieder hinein. Ich wollte sofort rüberlaufen, um ihm zu helfen, doch als ich anfing, die Fenster des Ford hochzukurbeln, fuhr ein Streifenwagen vor, aus dem zwei weitere Polizisten raussprangen, und die Leute blieben neugierig auf dem Gehsteig stehen. Sirenengeheul durchschnitt die Luft, im Näherkommen kreischte es immer lauter schmerzhaft in meinem Kopf. Zu benommen, um mich zu rühren oder auch nur klar zu denken, kniete ich hinter der Windschutzscheibe, um zu sehen, was draußen geschah, wo die Polizisten die Leute von dem Juweliergeschäft wegdrängten. Zwei weitere Polizisten auf großen Pferden machten den Weg durch die Menge für den Krankenwagen mit der heulenden Sirene frei. Ein Schupo, der vor dem Geschäft Wache stand, öffnete die Tür, damit die beiden Männer aus dem Krankenwagen mit ihrer Rolltrage reinrennen konnten.

Ich versuchte, einen Blick hineinzuwerfen, in der Hoffnung, meinen Vater zu erspähen, aber die Tür schloss sich zu schnell wieder, nur um sich kurze Zeit später wieder zu öffnen, als die Männer mit der Rolltrage herauskamen. Darauf lag jetzt jemand, der mit einem Laken zugedeckt war. Die Leute drängelten schaulustig, um möglichst nahe an die Trage ranzukommen. Die Polizisten zu Pferd mussten die Menschen zurückschieben, damit die Trage bis zum Krankenwagen gerollt werden konnte. Wenig später wurden die Türen des Wagens geschlossen, die Sirene begann wieder, zu heulen, und der Wagen entfernte sich langsam durch die störrische Menge. Ich hatte nicht erkennen können, ob der Mensch auf der Trage tot oder lebendig gewesen war.

Zweites Ereignis

Doch das Schlimmste kam erst.

Die Tür wurde abermals geöffnet und endlich erschien mein Vater. Erst war ich erleichtert, aber das hielt nur kurz an, bis ich hinter ihm die beiden Polizisten aus dem Streifenwagen erblickte. Mir blieb fast das Herz stehen. Anstatt seinen Koffer hinter sich herzuziehen, waren die Hände meines Vaters auf seinem Rücken mit Handschellen gefesselt. Mit Handschellen! Aber warum? Was war los? Er hatte den Mann doch nicht erschossen! Das war der fette Kerl gewesen. Ich sollte rüberrennen und der Polizei sagen, was ich gesehen hatte. Wie sich der Fette hinter meinem Vater reingemogelt hatte. Wie er eine Waffe in der Tasche hatte verschwinden lassen.

Doch ehe ich mich rühren konnte, hatte einer der Polizisten die hintere Tür des Streifenwagens geöffnet, meinen Vater einsteigen lassen, die Tür wieder geschlossen und auf dem Beifahrersitz neben seinem Partner Platz genommen, der – ohne Sirene – davonfuhr. Und so war mein Vater mir nichts, dir nichts fort. Auf dem Weg ins Gefängnis, nahm ich an.

Mit einem Kopf, der sich wie Brei anfühlte, saß ich im Ford und hatte niemanden, an den ich mich wenden konnte. Ich hatte Angst und spürte die Tränen in mir hochkommen, dabei weine ich eigentlich nie, weshalb ich mit aller Macht versuchte, sie zu unterdrücken. Der Ford war mittlerweile der reinste Backofen, in dem ich in der Sonne von St. Louis schmorte.

Ich zwang mich, alle Fenster zu öffnen, aber die Luft, die von draußen reinkam, machte das Atmen noch schwerer. Seit der Krankenwagen mit dem Typen unter dem Laken abgefahren war, hatten sich die meisten Gaffer verzogen. Doch immer noch standen Streifenwagen und Polizisten vor dem Juweliergeschäft, was wohl bedeutete, dass die Situation nach wie vor heikel war und ich besser schnell entschied, was ich tun sollte. Unser Leben hatte mich ein wenig auf so etwas vorbereitet. Da mein Vater immer wieder Mietverträge unterschrieb, wie es sie jetzt in der Krise gab und bei denen die ersten zwei bis drei Monate nichts gezahlt werden musste, hatte ich elf verschiedene Schulen besucht. In der Nacht bevor die Frist ablief, packten wir dann immer unsere Sachen und zogen in eine neue Bleibe, wo wir wieder eine Weile mietfrei wohnen konnten. Für die Vermieter war es schwer, weil zu viele Wohnungen leer standen. In den neuen Schulen kam ich trotzdem immer einigermaßen zurecht, denn wenn ich eins gut konnte, dann war es schreiben, und sobald die neuen Lehrer sahen, was für Sätze der neue Schüler zusammenbrachte, hellte sich ihre Miene auf und ich durfte sogar in die nächsthöhere Klasse wechseln.

Das aufregendste Erlebnis aber hatte ich im letzten Sommer gehabt, als wir zusammen in einem Zimmer im *Westgate Hotel* an der Ecke Kingshighway und Delmar Boulevard wohnten. Zu der Zeit hatte der Doktor in der Klinik meine Mutter ins *Fee-Fee*-Sanatorium geschickt, um ihre Lunge wegen der Schwindsucht, wie sie die Krankheit nannten, behandeln zu lassen. Mein Vater bekam zur selben Zeit Uhrenarmbänder angeboten, die er »auf der Straße« verkaufen sollte. »Die Straße« waren ganz Illinois und Iowa. Auch wenn die Uhrenarmbänder wahrscheinlich nicht viele Käufer fänden, so wäre es dennoch eine Abwechslung zu den Glaskerzen, die er unter einem unserer Betten aufbewahrte. Solange mein Vater unterwegs war, wohnte ich allein in Zimmer 303. Er hatte organisiert, dass ich bei Mr Dinapoulus unten im *Dew Drop Inn* essen konnte. »Du bist nun der Mann hier im Haus«, hatte mein Vater gesagt und mir zwei Silberdollar »für Notfälle« gegeben.

Wahrscheinlich wäre alles in Ordnung gewesen, wenn nicht eines Tages dieser Räumungsbescheid an unserer Tür geklebt hätte. Außer uns hatten ihn auch noch andere bekommen. »Wegen andauernder Nichtzahlung der Miete ist das Zimmer unverzüglich zu räumen, ohne den persönlichen Besitz mitzunehmen, der im *Westgate* verbleiben muss, bis die Schulden beglichen sind.« Aber ich wusste, dass der Vermieter, die *Mound-City-Savings-Bank*, den widerlichen, blutrünstigen Pagen Doug nicht in unser Zimmer schicken würde, um die Drecksarbeit zu erledigen, solange ich mich darin befand.

Doch es gab *ein* großes Problem – ich konnte den Raum nicht mehr verlassen, um mir unten im *Dew Drop Inn* etwas zu essen zu holen. Und Wassertrinken half nur bis zu einem bestimmten Punkt. Das Hotel hatte außerdem in unserem Zimmer den Strom abgestellt, Lesen konnte man also vergessen, sobald es dunkel war, dabei hatte ich mir einige Bücher aus der Bücherei ausgeborgt, die mich wirklich interessierten. Die Röhren des *Atwater-Kent*-Radios waren schon lange durchgebrannt. Die einzige Abwechslung war das Tanzlokal *Good Times* im Keller des Hotels. In guten Nächten drang die Musik zu mir rauf und ich hörte die Band spielen: das Saxofon, das Klavier und das Schlagzeug. Nachts kratzte Doug, der widerliche Page, an der Tür und gab unheimliche Geräusche von sich. Um mich zu schützen, schob ich, wie ich es in Filmen gesehen hatte, die Kommode, die beiden Stühle und den Tisch mit der Linoleumplatte vor die Tür. Wogegen ich allerdings nichts tun konnte, war der Hunger. Irgendwann war ich so verzweifelt und stand vor Hunger so neben mir, dass ich das Farbfoto von einem Rinderbraten aus einem alten Heft des *Woman's Home Companion* aß, das ich unten im Schrank entdeckt hatte. Ich schnitt den Braten ordentlich aus,

salzte ihn und ich schwöre, jeder einzelne Bissen schmeckte wie echtes Fleisch. Auch die kleinen, runden Kartoffeln, die mit auf dem Bild waren, verdrückte ich. Das Ganze spülte ich mit viel Wasser hinunter und fühlte mich danach prompt viel besser, obwohl ich in der Nacht mit fürchterlichen Magenschmerzen aufwachte.

Zu dem Zeitpunkt schob jemand im Auftrag meines Vaters eine Nachricht unter der Tür durch. Er war zurück und schrieb, ich solle alles anziehen, was ich besaß, was nicht viel war, und ihn dann an einem bestimmten Ort treffen.

Das tat ich und ließ den Rest unseres kaputten und unbrauchbaren Zeugs wie den verbogenen Regenschirm und Ähnliches einfach in unserem Zimmer zurück. Damals dachte ich, dass ich so etwas nie wieder durchmachen müsste, doch nun saß ich hier und der einzige Unterschied war, dass ich nicht nur allein in der großen Stadt war, sondern mein Vater auch noch Probleme mit der Polizei hatte. Offensichtlich hatte er ihnen nicht erzählt, dass ich im Ford vor mich hin brutzelte, sonst wären sie sicher längst über die Olive gekommen, um mich zu holen.

In dem Ford saß ich voll auf dem Präsentierteller. Zwar hatte ich geübt, den Wagen zu starten und die Gänge zu wechseln, aber meine Beine waren zu kurz, um an die Pedale für Kupplung und Bremse zu kommen. Deshalb bekäme ich ihn nie aus der Gasse raus, aber so, wie ich hier auf dem Präsentierteller saß, würde ich früher oder später entdeckt werden.

Mein Kopf kam mir zu klein vor für all die Sorgen und Gedanken, die ich mir machte.

Erstens: Warum hatten sie meinen Vater in Handschellen abgeführt und wo war er?

Zweitens: Der Koffer mit den *Bulova*-Uhren stand unbeaufsichtigt in dem Juweliergeschäft.

Drittens: Ich hatte insgesamt 47 Cent in der Tasche, aber in unserer kleinen Wohnung im *Tremont*-Gebäude noch drei Vierteldollar in einer *Fatima*-Zigarettendose versteckt. Die Frage war nur, wie ich dorthin gelangen sollte. Wir hatten zwei Zimmer – in einem stand ein normales Bett, in dem anderen ein Schrankbett für mich. Ich besaß auch eine Fahrkarte für das öffentliche Verkehrsnetz, die sie vergessen hatten, einzusammeln, bevor die Schule über den Sommer geschlossen worden war. Ein besonders aufmerksamer Bus- oder Tramfahrer würde es vielleicht bemerken und sie mir wegnehmen, aber ich war ziemlich gut darin, sie nur kurz zu zeigen.

Meine größte Sorge war, dass jemand meiner Mutter von meinem Vater und den Handschellen erzählte. Aufregung war bei Schwindsucht gar nicht gut und meine arme Mutter war eine hervorragende »Sorgenkriegerin«.

Und dann fiel mir noch etwas ein, worum ich mich unbedingt kümmern musste: um mich selbst. Mit einer Mutter, die so bald nicht aus dem Sanatorium rauskäme, und einem Vater, der wahrscheinlich im Gefängnis war, würde die Stadt die Fürsorge für mich übernehmen und mich wohl in ein Waisenhaus stecken. Wenn es dazu käme, könnte ich natürlich niemandem mehr helfen. Fast wäre es dazu gekommen, als ich damals unser Zimmer im *Westgate* bewacht hatte und eine Frau mit einer Dienstmarke vom Jugendamt gekommen war. Aber ich hatte mich im Schrank versteckt. Mit angezogenen Beinen hatte ich unter dem alten Regenmantel meines Vaters gehockt.

Ein glänzender, viertüriger Studebaker, der vor dem Juwelier hielt, riss mich aus meinen Gedanken. Schwungvoll wurde die Fahrertür geöffnet und ein stattlicher, wichtig aussehender Mann stieg aus, schlug die Tür wieder zu und bahnte sich einen

Weg zwischen den Leuten hindurch. Dann blaffte er den Schupo vor der Tür an und wurde sofort eingelassen. Vielleicht war er jemand, der meinem Vater helfen konnte. Die Vorstellung erweckte mich zu neuem Leben. Ich kurbelte die Fenster hoch, trank schnell den Rest Wasser aus meiner Flasche, schloss die Türen ab und drückte mir selbst die Daumen, während ich über die Olive Street lief.

Drittes Ereignis

Der Gehsteig vor dem Geschäft war abgesperrt und überall lagen Glasscherben. Ich schlängelte mich durch die Menge, die die Straße nach wie vor verstopfte, und fühlte mich verloren und unsicher, was ich als Nächstes tun sollte oder könnte. Einer der beiden Polizisten zu Pferd drängte sich an mir vorbei und ich stieß gegen einen großen Mann, der an der Absperrung stand und etwas in einen Notizblock schrieb. In der Krempe seines Huts steckte eine Karte, auf der »POST-DISPATCH-PRESSE« stand. Vielleicht würde ich von ihm mehr erfahren. Ich zog an seinem Leinensakko, um auf mich aufmerksam zu machen, aber wegen des Gedränges mit dem Pferd merkte er es nicht.

Die Tür des Geschäfts öffnete sich und ein fleischiger Mann in einem schwarzen Anzug mit einer Krawattennadel, in der ein Diamant blinkte, und mit einer Dienstmarke, die er an einer

Kette um den Hals trug, kam heraus. Der *Post-Dispatch*-Mann sagte: »Herr Inspektor, Jack Carmen von der *Dispatch*.«

»Hallo, wie läuft's, Jack?«

»Kann nicht klagen«, antwortete der Reporter. »Was haben Sie für mich?«

»Womit Sie mich zitieren könnten?«

»Ja, Sir.«

»Fitsgibbons schreibt man übrigens mit s und nicht mit z, okay?«

»Weiß ich doch. Das haben die Leute in der Redaktion verbockt. Wen haben Sie denn hier gerade mit den Füßen voran rausgerollt?«

»Einen der Verkäufer – Dempsey hieß er. Sein Schuss ging ins Schaufenster und der vom Täter dann voll in Dempseys rechtes Auge – ein echter Volltreffer!«

»Dempsey hat als Erster geschossen?«

»Jap. Der Täter hatte seine Waffe wohl nur zur Abschreckung gezückt, während er sich die Taschen vollscheffelte …«

»War das einer der J-Brüder, der da gerade kam?«

»Ja, ein ganz unangenehmer Zeitgenosse, dieser Jankman.«

»Hatte er …«

»Mir gegenüber hat er nichts rausgelassen, außer dass er gute Verbindungen ins Rathaus hat und wir den Täter, der dafür verantwortlich ist, besser schnell fassen, sonst rollen Köpfe, auch meiner.«

»Was ist mit dem Typen, den sie in Handschellen abgeführt haben?«

»Ein Uhrenvertreter – behauptet er jedenfalls. Der Täter ist mit ihm rein. Scheint Ausländer zu sein. Sie haben ihn über Nacht eingebuchtet und versuchen, ihn als Hauptzeugen festzuhalten.«

»Verhandlungssaal vier?«

»Jap.«

Ein schwarzer Lincoln mit dem Polizeiwappen von St. Louis auf der Tür fuhr vor, er wurde von einem uniformierten Beamten gelenkt und der Inspektor stieg ein.

»Danke, Inspektor«, sagte Jack.

»Denken Sie an das S«, rief der ihm noch durchs geöffnete Fenster zu, während der Lincoln bereits wieder anrollte.

Noch einmal zog ich an dem Leinensakko und Jack Carmen blickte auf mich herab. »Wo ist Verhandlungssaal vier?«

»Im Gebäude des Strafgerichts«, sagte er, steckte seinen Notizblock ein und setzte sich in Bewegung.

Ich zog noch ein drittes Mal an seinem Sakko. »Was ist ein Hauptzeuge?«

Er eilte weiter. Wahrscheinlich, um der *Post-Dispatch* zu berichten, was er gerade erfahren hatte.

Wie ich so direkt bei dem Juwelier vor der Tür stand, fiel mir der *Bulova*-Koffer dahinter wieder ein. Vielleicht würde mich der

Schupo, der davor Wache stand, reinlassen, wenn ich ihm erklärte, wer ich war und dass ich mich um den Koffer kümmern müsste. Die Frage war allerdings, wie ich ihn ohne den Ford irgendwo hinbringen sollte. Außerdem würde ich mich mit Mr Jankman auseinandersetzen müssen, und nachdem ich gerade mitbekommen hatte, wie unangenehm der zu einem Polizeiinspektor gewesen war, konnte ich mir ausmalen, wie er zu einem zwölfjährigen Jungen wäre, weshalb ich mich nicht traute und stattdessen auf der Olive in die Tram stieg, die stadteinwärts fuhr.

Viertes Ereignis

Als ich an unserer kleinen Wohnung ankam, sah ich sofort das offizielle Schreiben der Polizei an der Tür.

DIESER ANWEISUNG IST FOLGE ZU LEISTEN
Stadt St. Louis
Räumlichkeiten bis auf Weiteres polizeilich versiegelt
13. Polizeibezirk

Ich versuchte trotzdem, aufzuschließen. Natürlich funktionierte es nicht. Mir rutschte das Herz in die Hose. Die beiden Zimmer hinter Tür 12B mit Bad, Küche und Schrankbett waren ein von Gott gesandter Glücksfall gewesen im Vergleich zu dem schäbigen Zimmer 303 im *Westgate Hotel* ohne Küche und mit Toilette am anderen Ende des Gangs. Doch nun war ich eindeutig schlechter dran als im *Westgate*, weil ich ohne Eltern war und nicht wusste, wo ich die Nacht verbringen sollte. Mir fiel zwar niemand ein, bei dem ich mich aufs Ohr würde hauen können, aber immerhin jemand, der mir sicher mit dem Ford helfen würde, wenn der noch in der Sackgasse stand – Vernon, der Hauswart, der in einem Kellerraum des *Tremont* lebte. Vielleicht war er auch da gewesen, als die Polizei Tür 12B versiegelt hatte. Jedenfalls war er immer sehr nett zu mir und ich war oft bei ihm, wenn ich aus der Schule kam und meine Mom im Sanatorium war und mein Vater auf einer seiner Hökertouren, was auch immer er gerade verhökerte. Einmal war ich von der Schule gekommen, nachdem ich von Tony Razzolo, einem großen, stämmigen Kerl, der mich irgendwie auf dem Kieker hatte, verprügelt worden war. Vielleicht, weil ich die besten Noten in der Klasse hatte und er die schlechtesten. Mein Gesicht war zugeschwollen gewesen und meine Lippe hatte geblutet. Vernon hatte mich mit zu sich genommen und mir das Gesicht vorsichtig mit einem Lappen abgetupft, den er vorher in Alkohol getränkt hatte, was so sehr wehgetan hatte, dass mir die Tränen aus den Augen geschossen waren.

Früher war Vernon Profiboxer gewesen und an den Wänden in seinem superaufgeräumten Zimmer hingen überall Bilder von ihm in Boxerposen. Wenn ich wollte, würde er mir zeigen, wie man nicht verprügelt wird, hatte er gemeint.

»Aber Tony ist viel größer und breiter als ich und hat Hände so groß wie Tennisschläger.«

CLEAN
CLASSY
COLORFULL

»Groß und breit sagt gar nichts, wenn er nich' trifft, und ich zeig dir, wie er volle Kanne danebendrischt.«

Und das tat er dann auch. Jedes Mal, wenn ich nach der Schule zu ihm kam, hatte er einen kleinen Imbiss für mich, ein Stück Maisbrot oder so, und dann zog er seine alten Boxhandschuhe an, bei denen das Leder schon ganz brüchig war.

»Die ha'm kein' blassen Schimmer vom Boxen und geh'n mit'm großen *Roundhouse*-Kick direkt aufs Kinn vom andern, dabei kamman stark wie Herakles sein, und es nützt null, wenn man nich' trifft, und das wird er nich', solang sich der Typ bewegt, auf den er zielt. Das musste also hinkrieg'n. Wenn der Gegner auf dich losgeht, Fäuste vorde Brust, dann pendelste mit'm Kopf hin und her und tänzelst mit'n Füßen von rechts nach links und vor und zurück, dein ganzer Körper muss in Bewegung sein, und dann kanner zielen, worauf er will, er wird dich nich' treff'n. Und ich garantier dir, jeder Schwinger, der voll ins Leere geht, kostet den mehr Kraft als zehn Runden um'n Platz rennen. Und das üb'n wir jetzt. Dass, wenn du'n Kopf hin und her bewegst und deine Füße die ganze Zeit rumtänzeln, dieser Tony kein' einzig'n Treffer landet.«

Vernon war ein sehr guter Lehrer und es dauerte nicht lange, bis ich das Kopfpendeln und Füßetänzeln draufhatte, und als Tony das nächste Mal anfing, mich zu piesacken, um die schöne Edna Coyle zu beeindrucken, beleidigte ich ihn einfach, so gut ich konnte, zurück. Und als er dann mit den Fäusten auf mich losging, verfehlte er mich tatsächlich, weil ich den Kopf so schnell hin und her bewegte und mit den Füßen tänzelte. Und jedes Mal, wenn ich ihm erfolgreich ausgewichen war, schnellte ich vor und traf ihn in die Magengrube, und er fing an, zu brüllen und sich zu krümmen, bis er schließlich aufhörte, mich zu verprügeln.

Danach ließ er mich in Ruhe. Und Edna Coyle verbrachte die Zeit zwischen den Stunden seitdem mit mir und sah ihn nicht mal mehr an.

Obwohl Vernon aus seiner Zeit als Profiboxer Narben im Gesicht hatte, die sich hell von seiner dunklen Haut abhoben, und eins seiner Ohren irgendwie zerquetscht aussah, konnte er wunderschön lächeln und er lachte viel, weshalb ich ihn gern ansah. Außerdem schien er jeden zu mögen und jeder mochte ihn.

Ich ging die Treppe runter und klopfte an seine Tür. Als ich von drinnen Radiomusik hörte, war ich froh, weil er offensichtlich da war.

»Hallo, Sportsfreund, komm rein.« Er nannte mich meistens »Sportsfreund« oder »Sonnyboy«. »Ich hab dich schon erwartet. Dann setz dich ma' und erzähl mir, was dein Daddy angestellt hat, dass die Polente eure Bude durchwühlt hat und du da nich' mehr reinkommst.«

Ich erzählte ihm, was an dem Tag passiert war und wie die Polizisten meinen Vater festgenommen hatten und dass der Koffer mit den Uhren noch beim Juwelier stand und der Ford dringend aus der Sackgasse rausmusste, wobei er vielleicht schon gar nicht mehr da war.

»Vernon, ich wollte dich um was bitten«, sagte ich zum Schluss. »Würdest du vielleicht mit mir zur Olive fahren, da wo *Scruggs* ist, und den Wagen aus der Sackgasse holen, bevor die Beschlagnahmer ihn finden?«

»Klar würd ich das, nur wenn ich ganz ehrlich bin, weiß ich gar nich', wie man so'n Automobil lenkt … Aber lass mich nachdenk'n … °a, mein Cousin Arthur, der kann das. Der hat früher für *Pevely Dairy* Milch ausgefahr'n, bis sie ihn wegen der Krise geschasst ham. Bin mir nich' sicher, ob er noch Telefon hat – hatte schon länger kein' Kontakt mehr, aber ich versuch's mal.«

Er ging zu seinem Apparat und wählte eine Nummer. Sein Gesicht hellte sich auf, offenbar ging jemand ran. »Eh, Pickles, hier is Big V, freu mich, dich anne Strippe zu krieg'n. Wie kannste dir eigentlich noch Telefon leisten? … Ah, verstehe, einmal die Woche? Passt also einigermaßen für Maybelle und dich? … Bei mir? Ja, geht schon – im *Tremont* krieg ich mir zwar immer weniger, weil viel leer steht und nich' alle zahl'n oder nich' alles, aber Tiger und ich, wir komm'n schon über die Rund'n.«

Tiger war ein alter Collie mit noch was anderem drin.

»Hör zu, Pickles, du musst mir'n Gefall'n tun. Ein Knirps hier ausse 12B, der hat'n Problem. Er muss den Ford von seinem Daddy von der Olive bei *Scruggs* ums Eck wegschaff'n, bevor die von der Finanz ihn einkassier'n. Könntste den wegfahr'n? Ich zahl dir auch die Tram … Wohin? … Irgendwohin, wo er erst mal sicher is. Total nett von dir, Pickles. Hast was gut bei mir. Treffpunkt vor *Scruggs*.«

Ich dankte Vernon und hoffte, dass wenigstens das klappen würde.

»Dann machma uns ma besser auf die Sock'n, Sportsfreund«, sagte Vernon und griff nach der alten Kappe, die er immer trug, aber dann fiel ihm noch was ein. »Sagma, haste vielleicht Kohldampf? Wann haste denn das letzte Mal was zwisch'n die Zähne gekriegt?«

»Im Ford lag noch eine Tüte mit Salzbrezeln.«

»Mit andern Wort'n, du hast'n Bärenhunger.«

»Ach, geht eigentlich«, behauptete ich. »Ich bin's gar nicht gewohnt, regelmäßig zu essen. Viel wichtiger ist jetzt, dass wir den Ford holen.«

Doch Vernon hatte bereits einen zugedeckten Teller von einem Regalbrett an der Wand genommen. »Den Pie hab ich heut Morgen gemacht. Is mit Süßkartoffel«, sagte er und schnitt ein großes Stück davon für mich ab. Mir lief das Wasser im Mund zusammen und erst in dem Moment wurde mir bewusst, wie hungrig ich eigentlich war. Dankend nahm ich an. Ich sagte, dass ich unterwegs essen würde, und gemeinsam gingen wir los zur Tramlinie Nummer neun. Es war ein Wunder, wie Vernon in seinem alten, verrauchten Ofen so etwas Köstliches fabrizieren konnte.

Fünftes Ereignis

Vor *Scruggs* war viel los, weil das Warenhaus am Donnerstagabend bis neun Uhr geöffnet war. Vernon sagte, sein Cousin Arthur sei eher der schmächtige Typ und dass man ihn deshalb leicht übersehen könne. Die zerschmetterte Schaufensterscheibe von *J & J Jewelers* war mit Brettern zugenagelt worden und die beiden Schupos, die davor Wache schoben, sorgten dafür, dass die Schaulustigen weitergingen.

Als Arthur erschien, boxte er Vernon freundschaftlich in die Seite und schlang dann den Arm um dessen Taille. Höher ging nicht, denn Arthur war, wie von Vernon angekündigt, ziemlich klein und Vernon war ziemlich groß. Arthur und ich sagten auch Hallo und gaben uns die Hand – an meiner klebte noch Süßkartoffel.

»Und wo is jetzt der Ford?«, fragte Arthur.

Ich zeigte auf die Sackgasse.

»Genau gegenüber vonne Polente«, antwortete Vernon kopfschüttelnd.

»Oha«, meinte auch Arthur. »Wenn zwei Schwarze wie wir im Dunkl'n mit'm Ford davonpresch'n, wird die das ja auch sicher kein bissch'n misstrauisch mach'n.«

»Ich sag denen dann, dass alles in Ordnung ist – keine Sorge.«

»Und wennse Papiere seh'n woll'n – haste Papiere?«

»Was für Papiere?«

»Wer der Besitzer is und so?«

»Das hat alles mein Vater.«

»Und dann frag'n se, wo dein Pa is, und du sagst, im Kittchen, weil er heut in dem Juwelierlad'n da drüb'n war, als der Mann abgeknallt wurde.« Vernon schüttelte wieder den Kopf.

»Und ich bin dann der, der die Hände am Steuer hat«, warf Arthur ein.

»Okay, ich sag euch was, hört mir zu.« Ich reichte Arthur den Schlüssel. »Du und Vernon, ihr steigt in den Ford, und wenn ihr losfahrt, lenke ich die Schupos ab. Ihr fahrt dann zum Hinterausgang von *Scruggs*, wo sie ihre Lieferungen kriegen, und dort sammelt ihr mich wieder ein.«

»Und wie willste die ablenk'n?«

»Weiß ich noch nicht, aber mir wird schon was einfallen.«

Arthur blickte auf den Schlüssel in seiner Hand. Er schien noch nicht überzeugt zu sein.

»Arthur war schon öfter hinter schwedischen Gardinen«, klärte Vernon mich auf. »Wie oft eigentlich genau, Pickles? Vier Mal?«

»Fünf. Das erste Mal noch in Little Rock. Dabei hab ich da nur was zu beiß'n für Maybelle und die Knirpse organisier'n woll'n.«

»Und der *Jack Daniel's*?«

»Der Whiskey is lebenswichtige Medizin für mich.«

Ich machte mich auf den Weg über die Straße und zermarterte mir das Hirn, wie ich die Schupos dazu bringen könnte, zu mir zu gucken und nicht auf die Sackgasse, wenn der Ford da gleich rauskäme. Aber als ich gerade auf der anderen Seite ankam, sah ich plötzlich einen Mann in meine Richtung rennen und eine Frau war hinter ihm her und rief: »Haltet den Dieb! Meine Tasche! Meine Tasche! Ein Dieb! Ein Dieb!« Sobald der Mann an mir vorbeirannte, tat ich, was jeder amerikanische Junge, der das Herz am rechten Fleck hat, getan hätte – ich schob meinen Fuß vor und der Mann stolperte darüber. Er klatschte flach auf den Boden und die entwendete Tasche sauste noch ein Stück weiter in den Rinnstein. (Das schicke Wort »entwendet« habe ich von Edgar Allan Poe, von dem ich ein kolossaler Fan bin, genauso übrigens wie von Jules Verne, Mark Twain, Guy de Maupassant und Charles Dickens, um nur einige zu nennen.)

Während die beiden Schupos also damit beschäftigt waren,

den Dieb festzuhalten, sah ich den Ford auf die Olive biegen und in Richtung Hinterausgang von *Scruggs* fahren. Dankbar nahm die Dame ihre Tasche wieder in Empfang, aber als dann einer der Schupos zum anderen sagte, dass er den Namen des Jungen notieren sollte, hielt ich die Zeit für gekommen, mich schnellstens auf den Weg zu Bertha zu machen.

≡

»Und wo wirste dich heut Abend aufs Ohr hau'n, Sportsfreund?«, erkundigte sich Vernon, als wir gemeinsam auf der Rückbank des Ford saßen.

»Ich hatte noch gar keine Zeit, darüber nachzudenken«, antwortete ich.

»Ich dacht, der Kleine wohnt im *Tremont?* Haste doch gesagt?«, mischte sich Arthur von vorn ein.

»Ja, is auch so, aber die Wohnung hamse abgesperrt, die Polente, und dann kam da auch noch so'ne Frau wegen ihm …« Vernon zog eine alte, vollgestopfte Brieftasche hervor.

»So wie die aussieht, musst du ja richtig vermögend sein«, sagte ich zu ihm.

»Die hat mir Mrs Van Hurst aus der 9B geschenkt, wo ihr Mann gestorb'n is … Ah, hier isse ja.« Er hielt eine Karte hoch. »Freda Muller, Jugendamt, und 'ne Telefonnummer, auf der ich se anruf'n soll, wennde aufkreuzt. Sie meinte, es is echt wichtig, dass ich das tu. Hat irgendwie verkniff'n gewirkt, die Frau, und die Klamotten – von oben bis unten schwarz.«

»Nein, bitte nicht«, sagte ich. »Die stecken mich in ein Heim, und wie soll ich mich dann darum kümmern, dass mein Vater wieder freikommt?«

»Eigentlich könntste dich ja in einer von den leeren Wohnungen langmach'n – davon ham wir weiß Gott genug –, wenn nich' der Besitzer, Mr Birdswell, 'n echter Stinkstiefel wär. Wer nich' zahlt, fliegt. Wenn der spitzkriegt, dassde für lau in einem von seinen möblierten Apartments haust, zieht der dir bei lebendigem Leib das Fell überde Ohr'n.«

»Was ist mit Verwandt'n, Freund'n?«, erkundigte sich Arthur. »Ich könnt dich hinbring'n.«

Die Familie meiner Mutter hatte in St. Louis gelebt, bis mein Großvater, ein klein gewachsener Ungar mit wildem Schnurrbart und noch wilderem Temperament seine Gastwirtschaft anzünden ließ, um das Geld von der Versicherung zu kassieren, aber der billig angeheuerte Brandstifter hatte die Sache vergeigt und die gesamte Ladenzeile abgefackelt.

Grandpa, Grandma (die in der Gastwirtschaft gekocht hatte) und die beiden Schwestern meiner Mutter hatten es gerade noch geschafft, St. Louis zu verlassen, ehe die Polizei sie schnappen konnte.

Andere Verwandte gab es nicht und die Krise hatte uns die wenigen Freunde genommen, die wir gehabt hatten.

»An der Cherokee gibt's so'n Haus vonne Stadt, wo man über Nacht bleib'n kann, wenn man sonst kein Dach überm Kopf hat«, sagte Arthur, der wohl meine Gedanken gelesen hatte.

»Die nehm'n Kinder aber nur mit ihr'n Eltern auf, du Dussel«, mischte sich Vernon ein. »Außerdem steht diese Freda-Trulla dann sofort auf der Matte, wenn er da aufkreuzt. Und die sieht aus wie jemand, mit dem nich' gut Kirsch'n ess'n is.«

Wir fuhren auf der Lindell am Forest Park entlang. Ich sagte zu Arthur, er solle anhalten, weil mir plötzlich einfiel, dass der Park kein schlechter Ort war, um dort zu übernachten.

»Pass auf dich auf«, sagte Vernon. »Hier soll's angeblich Gangs geben, die beklau'n dich im Schlaf.«

»Was sollten die mir denn klauen?«

»Essen, Klamotten, Schuhe …«

»Meine ausgetretenen *Keds*?« Ich hob meinen rechten Fuß. Die gerissenen Schnürsenkel waren zusammengeknotet und das Schildchen mit dem Schriftzug hing schon halb runter. »Viel Spaß damit.«

Ich stieg aus dem Wagen und fragte Arthur noch durch die hinuntergekurbelte Scheibe, wo er den Ford denn verstecken würde.

»Ich hab 'nen Freund, der handelt mit Gebrauchtwag'n und -teil'n«, sagte er. »Auf dem sein' Hof hatter'n riesig'n Berg Reif'n lieg'n und da bring ich ihn hin.«

»Und was ist nachts, wenn niemand da ist? Ist der Ford da sicher?«

»Klar, die ham Maschendrahtzaun, Stacheldraht und drei Rottweiler.« Dann legte er den ersten Gang ein und fuhr los.

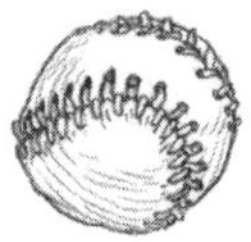

Sechstes Ereignis

Der Forest Park war mein zweites Zuhause oder vielleicht sollte ich besser sagen, mein erstes, denn wer wie ich mit seinen Eltern in einem einzigen schäbigen und übel riechenden Zimmer im *Westgate* gelebt hatte – ja, für den war der Park mit seinen Tennisplätzen, Spielfeldern, Basketballkörben, dem Kunstmuseum, dem Theater, das alle nur *Muny* nannten, dem famosen Zoo, den Springbrunnen und all den anderen schönen Dingen wie etwas, was einen vor dem Ertrinken rettete. Deshalb war es nur natürlich, dass ich an den Park dachte, als ich eine Bleibe für die Nacht suchte, wobei ich nicht vorhatte, auf einer der harten Bänke zu schlafen, wo man beklaut werden konnte. Nein, woran ich dachte, war der offene Schuppen an den Tennisplätzen, in dem alte Netze, Besen, Markiergeräte und so ein Zeug aufbewahrt wurden. Alles Wertvolle wie Schläger, Bälle, Schirme, Schweißbänder und so weiter wurde im Clubhaus gelagert, das nachts abgeschlossen war.

Zu dem Schuppen gibt es noch etwas Wichtiges zu sagen: Ich hatte dort nämlich das Tennisspielen gelernt. Wirklich. Auf die hintere Wand war eine weiße Linie gemalt, die genauso hoch war wie das Netz auf dem Platz. Und dagegen hatte ich Stunde um Stunde und Tag für Tag einen alten Tennisball geschlagen, der immer wieder zu mir zurückkam. Ich spielte vielleicht nicht ganz so elegant wie die Kinder, deren Eltern ihnen Unterricht bezahlen konnten, aber bei Turnieren für meine Altersstufe gewann ich trotzdem.

Die andere Sache, wofür ich der Wand dankbar bin, war: Sie eignete sich wunderbar, um einen Baseball darauf zu werfen.

Keinen echten aus Leder natürlich, der wäre nicht wieder abgeprallt, sondern einen aus Gummi zum Üben in genau der gleichen Größe, und so einen hatte ich von Mr Plagg geschenkt bekommen, dem Baseballtrainer an der Kennard School, mit der ich gerade fertig geworden war, bevor ich nun bald mit der Junior Highschool beginnen würde. Er meinte, ich hätte »Potenzial« und dass ich beim Werfen einen schönen Bogen hinbekäme, was in meinem Alter fast keinem gelang.

Als ich mir in dem Schuppen ein Nachtlager herrichtete, musste ich an Mr Plagg denken, der nicht mehr an der Schule war, weil es kein Geld mehr gegeben hatte, um ihn zu bezahlen. Für Baseball gab es überhaupt kein Geld mehr. Genauso wenig wie für Basketball. Oder Laufen. Oder Football. Oder Feldhockey, was aber eigentlich sowieso nur Mädchen spielten, weshalb es für mich nicht so wichtig war.

Ich faltete ein Tennisnetz und breitete eine weiche Plane darüber aus. Dann legte ich das Ganze auf einen Stapel alter Netze und eine Jacke, die über einem Besenstiel hing, wurde mein Kopfkissen. Ich öffnete das Fenster, durch das der Mond hereinschien, kletterte auf den Stapel mit den Netzen und suchte nach einer Stelle, wo ich einigermaßen gerade liegen konnte. Es war nicht so bequem wie mein Schrankbett, aber es tat gut, sich auszustrecken.

Ich musste an meinen Vater denken und wo er jetzt wohl war. Ziemlich sicher im Gefängnis, nur in was für einem? In allen

Filmen, die ich gesehen hatte und in denen Gefängnisse vorkamen, gab es dreckige, enge Pritschen übereinander, wo die Guten oben reinkamen und die richtig fiesen Schurken nach unten mussten. Zu essen bekam man wie bei der Fütterung der Tiere im Forest-Park-Zoo, nur dass die Tiere viel besser aussahen als die heruntergekommenen Gestalten im Knast.

Mein Vater, den ich manchmal Pop, aber meistens Vater nenne, war kein normaler amerikanischer Dad. Er war viel älter als meine Mom, die achtzehn gewesen war und er dreiunddreißig, als sie geheiratet hatten. Meine Mom hatte mir erzählt, dass sie auf der Sekretärinnenschule gewesen war, um Maschinenschreiben zu lernen und noch so eine komische andere Art zu schreiben, die man Steno nennt, um Geld zu verdienen und nicht mehr von ihrem schrecklichen Vater, meinem Großvater, abhängig zu sein (sie hat ihn nicht »schrecklich« genannt, das Wort stammt von mir). Sie fand dann auch einen Job, für achtzehn Dollar in der Woche. Das meiste davon hat sie meiner Großmutter gegeben, aber mein Großvater wollte alles und hat sie mit seinem fürchterlichen schwarzen Gürtel bedroht. Doch sie ließ sich nicht unterkriegen, meine Mom doch nicht. Wahrscheinlich wollte sie deshalb so schnell wie möglich weg von zu Hause, und das war wohl einer der Gründe, warum sie zu meinem Vater Ja gesagt hat. Ein anderer Grund war wahrscheinlich, dass er ein geregeltes Leben führte und ein Pelzgeschäft hatte. Das alles hat mir meine Mutter erzählt, nicht mein Vater, der fast nie über sein früheres Leben spricht, nicht einmal über den Ort, an dem er geboren wurde und zur Schule gegangen ist.

Ich wusste nur, dass ein Verwandter von ihm aus Polen in St. Louis ein Pelzgeschäft eröffnet und meinen Vater in jungen Jahren hergeholt hatte, um in seiner Familie zu leben und in dem Geschäft mitzuarbeiten. Viele Jahre später beschloss der Verwandte, mit seiner Familie nach Polen zurückzukehren, und übergab das Geschäft an meinen Vater. Als der meine Mutter heiratete, besaß er also ein Pelzgeschäft. Zwei Jahre später wurde ich geboren.

Meine früheste Erinnerung ist, wie wir in einer sehr schönen Wohnung am Art Hill Place lebten, wo es eine Nanny namens Mildred gab, die ein weißes Kleid trug und immer eine Blume im Haar hatte. Sie sang gern und brachte mir Lieder bei, die wir dann oft gemeinsam sangen. Einmal, an Weihnachten, führten wir einen Tanz auf, den sie sich ausgedacht hatte, und wir tanzten für meine Mutter und meinen Vater zu der Musik aus dem Grammofon. Sie klatschten freudig und Mildred nahm meine Hand und wir verbeugten uns.

An dem Weihnachtsfest bekam ich meinen ersten Anzug von meinem Vater und Mildred bekam einen wunderschönen Hut mit bunten Bändern und winzigen Vögeln. Nach dem Essen gab er meiner Mutter dann unter dem Baum ein kleines Kästchen mit einer goldenen Schleife, in dem sich ein Ring mit einem großen braunen, glänzenden Diamanten befand, der von kleinen weißen Diamanten umgeben war. Meine Mom weinte vor Freude, steckte ihn sich an den Finger und küsste meinen Vater auf die Lippen, was ich vorher noch nie gesehen hatte. Sonst hatten sie sich immer nur auf die Wange geküsst.

Ein neuer Anzug war nicht schlecht, aber wenn ich ehrlich bin, hatte ich auf einen Baseballhandschuh, wie ihn Lou Gehring hatte, oder einen *Bill-Tilden*-Tennisschläger gehofft, aber da mein Vater aus Europa kam, war der einzige Sport, mit dem er etwas anfangen konnte, Fußball, und das gab es hier nicht so viel. Er war ein sehr ordentlicher Mann, der schöne Anzüge trug, die für ihn von »Schneidern aus der Alten Welt«, wie er sie nannte, angefertigt wurden. Und jeden Tag hatte er eine Krawatte mit einer edlen Nadel um, selbst sonntags am Frühstückstisch. Die Nadel war das Einzige, was mich wirklich beeindruckte. Der Zierkopf bestand aus der winzigen Büste eines afrikanischen Prinzen aus echtem Gold, der einen mit Perlen besetzten Turban auf- und wunderschöne Diamanten als Augen hatte. Die goldene Nadel in den eleganten Seidenkrawatten meines Vaters vor mir zu sehen machte all die dunklen Tage, die folgen sollten, ein bisschen heller. Die Erinnerung an den Tag, an dem sie zum Pfandleiher gebracht werden musste, machte den dunklen Tag allerdings wieder dunkler. Dort befand sie sich noch immer, bei *Nathan* an der DeBaliviere mit den drei goldenen Kugeln über der Eingangstür. Und einen dunkleren Tag als den gegenwärtigen konnte es eigentlich gar nicht geben.

Nachts wachte ich von einem schrecklichen Albtraum auf, in dem ich von Löwen angegriffen wurde, von blutüberströmten roten Löwen. Ich warf mit Baseballs nach ihnen, zielte auf ihre knurrenden Mäuler, aber ich verlor den Kampf und nur das Aufwachen rettete mich. Es dauerte eine Weile, bis ich mich gesammelt hatte und mir klar wurde, wo ich mich befand und was los war. Unter mir in den Netzen war ein eifriges Kratzen zu hören, das ich sofort zuordnen konnte, weil in unserem Zimmer im *Westgate* auch mal Mäuse gewesen waren. Eine, die ich Mickey getauft hatte, war oft auf der Zierleiste an der Decke herumgerannt.

Ich setzte mich vor dem offenen Fenster auf und hoffte auf frische Luft, aber draußen war es genauso heiß und stickig. Der Mond war weitergezogen. Ich kletterte von meiner Schlafstelle und pinkelte draußen auf die Wiese. Eine Uhr hatte ich nicht, aber am dunklen Himmel waren schon Lichtstreifen zu sehen, was hieß, dass der Junitag bald anbrechen würde. Deshalb schlenderte ich zum nächstgelegenen Tennisplatz, kletterte auf den Hochstuhl des Schiedsrichters und ließ mich dort nieder.

Siebtes Ereignis

In einigen Stunden würde ich statt auf dem Platz des Schiedsrichters vor einem richtigen Richter im Strafgericht sitzen, weil sie meinen Vater dort hinbringen würden, vielleicht in Handschellen. Bei dem Gedanken, allein zwischen all diesen Leuten in ihren Uniformen und Roben mit ihren Abzeichen und Waffen zu sein, wurde mir ganz anders. Was sollte ich tun, wenn mein Vater käme? Zu ihm gehen? Ihm zuwinken? Ihm eine Botschaft zustecken? So tun, als würde ich ihn nicht kennen? Würde er mir zuwinken? Oder würde er zu mir sehen und so tun, als wenn er mich nicht kennen würde, und mir damit sagen, dass ich es genauso machen sollte?

Mein Vater und ich, wir haben nie viel zusammen unternommen, das ist einfach so. Wie zu Baseballspielen zu gehen zum Beispiel. Er hat es versucht, aber durch die verworrenen (wie er meinte) Regeln mit den *Balls* und *Strikes*, *Hits*, *Double Plays*,

Walks, dem *Stealing* und dem ganzen Rest ist er nie durchgestiegen. Ich habe versucht, ihm beizubringen, wie man einen Baseball wirft und fängt, damit wir gemeinsam üben könnten, aber es funktionierte nicht. Sooft ich es auch probierte, er war nicht in der Lage, ordentlich zu werfen, und schlug mit dem Handschuh nach dem Ball, anstatt ihn auf sich zukommen zu lassen und ihn dann einfach einzusammeln.

Aber auch wenn wir nicht viel gemeinsam hatten, war mein Vater ein großer Fan von mir. Stolz trug er meine Zeugnisse mit sich herum und zeigte jedem meine sehr guten und guten Noten und was die Lehrer über mein Englisch, meinen schriftlichen Ausdruck und meine sportlichen Führungsqualitäten schrieben, womit wahrscheinlich gemeint war, dass ich Kapitän des Baseballteams war. Zusammen mit meiner Mutter ging er zu allem, wo ich dabei war, und bei Rededuellen oder wenn ich irgendwo in einem Stück mitspielte, klatschte er immer besonders laut. Wenn ich gewann, kriegte er sich gar nicht mehr ein vor Begeisterung, und wenn nicht, schimpfte er auf Jury und Schiedsrichter. Er war wirklich stolz auf mich.

Ja, wir hatten ein richtig gutes Familienleben, bis zu dem Tag, an dem die *Night-and-Day*-Bank unterging. Mit diesem Ereignis, diesem einen schrecklichen Ereignis, ging alles, was wir waren, unser gesamtes Leben, mit unter. Ohne Vorwarnung schloss *Night and Day*, eine der größten Banken in St. Louis, ihre Türen, schaltete das Licht aus und hängte ein Schild in den Eingang, auf dem stand:

GESCHLOSSEN

Mein Vater hatte alles, was er besaß, jeden Penny, bei dieser einen Bank gehabt. Genau wie ich. Zweiundzwanzig Dollar, die ich nach und nach auf meinem eigenen Konto angespart hatte. Mein Vater hatte keine andere Absicherung. Niemanden, von dem er sich etwas leihen konnte. Seine Verwandten in Europa durchlebten auch schwere Zeiten. Um ihn herum brach alles zusammen. Die Bank schickte einen Brief, in dem sie zusagte, einen Penny für jeden Dollar zu zahlen, aber nicht einmal das taten sie. Mein Vater verkaufte alle Pelze aus seinem Geschäft an andere Geschäfte, um einige seiner Schulden zu begleichen, aber es reichte trotzdem nicht. Er musste Mildred entlassen (wir heulten beide wie die Schlosshunde) und unserem Vermieter sagen, dass wir ausziehen würden. Wir verkauften alles, was etwas wert war, und konnten uns so eine Weile über Wasser halten.

Mein Vater versuchte, eine Arbeit in einem anderen Pelzgeschäft zu bekommen. Leider entließen sie dort auch gerade alle Angestellten oder gingen selbst pleite. Mein Vater verkaufte auch unseren Buick, bekam aber nicht viel dafür, weil so viele Leute ihre Autos verkauften und niemand welche kaufte. Einige meiner Mitschüler, deren Pops Berufe hatten wie Arzt oder Polizist oder die Politiker oder Lokführer waren, brachten noch eine ordentliche Mahlzeit mit in die Schule, aber auch bei den früher wirklich reichen und den vormals nicht gerade armen Kindern wie mir wurden die Mahlzeiten immer dürftiger und bald hatten viele gar nichts mehr mit. Am schlimmsten aber war, dass einige, deren Väter richtig hohe Tiere gewesen waren, nicht mehr zur Schule kamen, weil ihre Dads wie meiner alles verloren hatten, damit aber nicht zurechtgekommen waren wie meiner und sich umgebracht hatten. Sie waren einfach aus einem der oberen Fenster in einem der großen Firmengebäude an der Pine Street gesprungen. Einer dieser Jungs war mein guter Kumpel Benjamin, der *Catcher* in dem Baseballteam gewesen war, in dem ich *Pitcher* war. Deshalb musste Billy Joel, der eigentlich *Second Baseman* war, auf dessen Position wechseln. Der duckte sich aber jedes Mal, wenn der *Batter* einen Ball schlug, obwohl er eine Maske vor dem Gesicht und einen Brustschutz umhatte. Wegen Billy Joel verloren wir das erste Spiel der Saison. Was letztlich auch egal war, weil der Direktor, Mr Stellwagon, Baseball dann »aus wirtschaftlichen Gründen« sowieso gestrichen hat, wie es in der Mitteilung hieß, die in jeder Klasse verteilt wurde.

Schon bald war es hell genug, dass die frühesten Frühaufsteher zum Tennis erschienen. Zwei uralte Kerle mit Kappen voller Schweißflecken, ausgebeulten Shorts, T-Shirts mit *Listerine-*

Werbung und lehmverklebten Tennisschuhen kamen auf den Platz und begannen, sich uralte Tennisbälle zuzuspielen, die so kahl und grau waren wie sie selbst.

Ich kletterte von dem Hochstuhl und ging zum Springbrunnen. Ein Platz nach dem anderen füllte sich. So machte man es damals – wer vor acht spielte, musste nicht bezahlen und keinen Ausweis haben. Ich aber hatte mit Buddy Silverstone, der für alles hier verantwortlich war, einen Deal, dass ich die Plätze abzog und dafür ab und zu umsonst spielen durfte. Außerdem hob er beschädigte Schläger, die sich noch reparieren ließen, für mich auf. Was die Bälle anging, gab es neben Platz Nummer fünfzehn einen Abfluss, der einige der Bälle, die über den Zaun flogen, schluckte und verschwinden ließ, es sei denn, man wusste, wo der Abfluss hinführte.

Der Imbiss, das *Drop Shot*, öffnete, und als ich den Kaffeeduft wahrnahm, lief mir das Wasser im Mund zusammen. Vor Hunger. Nicht wegen des Kaffees, ich mag gar keinen Kaffee, aber meine Mom hat mir immer ein ziemlich gutes Frühstück gemacht, sogar als wir noch im *Westgate* oder in einer der anderen Unterkünfte gewohnt hatten, in denen man auf dem Zimmer eigentlich nicht hatte essen dürfen. Seit sie im Sanatorium war, gab es höchstens ein Glas Milch und eine Scheibe Brot mit Margarine oder Erdnussbutter. Ich hatte noch 47 Cent in der Tasche, doch da ich nicht wusste, was an dem Tag noch bevorstand, behielt ich sie lieber. Als ich an meine Mom und das Frühstück dachte, fiel mir auch sofort wieder ein, wie sie jedes Mal mit meinem Vater gestritten hatte, wenn wir nichts zum Frühstück gehabt hatten.

»Fred«, hatte sie dann immer gesagt, »es ist nicht richtig, dass wir Aaron mit leerem Magen in die Schule schicken.«

»Vielleicht können wir bei *Piggly Wiggly* ein bisschen was anschreiben lassen. Ich rede mal mit Dave.«

»Du weißt, was er letzte Woche gesagt hat – sicher nicht.«

»Ich weiß, ich weiß es doch. Aber was soll ich tun, Ina? Wir haben nichts mehr, was wir noch verkaufen können. Ich habe den Überseekoffer schon zu drei Läden gebracht.«

»Was ist mit dem braunen Diamanten?«

»Du weißt, dass er bei Nathan ist.«

»Ja, aber es wird Zeit, ihn zu verkaufen. Nathan hat es dir schon gesagt.«

»Ina, hör auf damit!«, rief mein Vater und schlug mit den Händen auf den Tisch. Dann drehte er sich zu mir: »Warum gehst du nicht raus spielen, Aaron?«

Während ich draußen vor der Tür stand, hörte ich, wie meine Mutter sagte, der braune Diamant könnte so viel einbringen, dass es uns über die nächsten Monate helfen würde.

Und mein Vater antwortete: »Nicht so viel, wie du glaubst.« Er hatte nämlich eine kleine Macke und würde lange nicht so viel einbringen wie ohne Macke.

»Aber genug, um über die Runden zu kommen, wenn wir sonst gar nichts mehr haben, oder?«

So stritten sie immer weiter, bis mein Vater beim letzten Mal, als ich es mitbekam, plötzlich aufhörte, zu streiten, und zu meiner Mom sagte, sie solle ihm ihre Hand geben und sich neben ihn setzen. Seine Stimme klang ganz dünn und weinerlich und er sagte zu ihr, dass er den braunen Diamanten bis zuletzt behalten wollte. Dass er ihn daran erinnerte, wie erfolgreich ihr Geschäft gewesen war, und daran, wie sehr er sie an dem Weihnachtstag geliebt hatte, als er ihn ihr geschenkt hatte, und daran, wie schön sie gewesen war, als sie dort vor dem erleuchteten Baum gestanden und vor Freude gestrahlt hatte, während sie den braunen Diamanten hin und her gedreht und Pop glücklich und verliebt geküsst hatte.

»Irgendwie werde ich irgendwann einen Weg finden, ihn bei Nathan auszulösen, der mir versprochen hat, ihn für mich aufzubewahren, und dann werden wir uns auch wieder lieben wie damals.«

»Hey, Aaron«, rief Buddy und riss mich aus meinen Gedanken. Er stand in seinem Imbiss hinter der großen Öffnung, durch die er das bestellte Essen ausgab. »Wie wär's mit einem Donut? Du siehst aus, als könntest du was Süßes gebrauchen. Der geht auf mich.« Ich muss ziemlich erbärmlich ausgesehen haben. Ich biss herzhaft hinein und in mir keimte die Hoffnung auf, dass der Tag so fein werden würde wie dieser Donut.

Achtes Ereignis

Verhandlungssaal vier befand sich im ersten Stock des Strafgerichtsgebäudes und war bereits gut gefüllt, als ich dort ankam. Nicht nur die vielen Menschen und der Trubel, der dort herrschte, versetzten mich in Panik, sondern auch ein Schild an der Tür: »Zutritt für Kinder unter sechzehn Jahren nur in Begleitung Erwachsener.« Ich war groß für mein Alter, aber wie sechzehn sah ich trotzdem nicht aus. Als Erstes musste ich also einen Erwachsenen finden, der mich mitnehmen würde. Ich musterte jeden, der die Treppe heraufkam, und hatte ziemlich wenig Hoffnung, bis ich einen älteren Herrn am Ende der Stufen sah, der offensichtlich allein unterwegs war. Seine Kleidung war alt, aber sauber, die Fliege schäbig, der Bart aber ordentlich getrimmt.

Als er auf den Gerichtssaal zuging, schloss ich zu ihm auf und der Schupo, der an der Tür Wache stand, ließ uns ein.

»Sir«, sagte ich und tat so hilfsbedürftig, wie ich konnte. »Dürfte ich mich vielleicht zu Ihnen setzen?« Und dann platzte ich auch schon damit heraus, warum ich hier war, und er schien mir gern helfen zu wollen. Er erzählte mir, dass er Rentner war und eine Gerichtsverhandlung für ihn inzwischen der beste Zeitvertreib. Er erzählte mir auch, dass von jedem, der verhaftet und über Nacht festgehalten worden war wie mein Vater, die Familie, Freunde, Anwälte und Leute, die man Bürgen nannte, gekommen waren. Die vielen Polizisten, erzählte er weiter, hatten mit den Verhaftungen zu tun und würden vor dem Richter aussagen. Er hielt mir eine Dose Pfefferminzbonbons hin und ich nahm gern eins oder vielmehr zwei.

Plötzlich sagte der Mann in Uniform vorn im Raum, dass sich alle erheben und zur Ruhe kommen sollten, was wir dann auch taten. Ein Richter betrat den Saal, nahm hinter seinem großen Tisch Platz und danach kam eine ganze Reihe von Leuten rein, die für alle möglichen Dinge verhaftet worden waren: weil sie ihre Ehefrauen geschlagen hatten, wegen Unfallflucht, weil sie Alimente nicht gezahlt oder auf die Straße gepinkelt hatten, ohne Führerschein Auto gefahren waren und so weiter, und für all diese Fälle gab es Anwälte und Bürgen und Polizisten. Und plötzlich war mein Vater dran und wurde von einem Uniformierten vor den Richter geführt.

»Frederick Broom, Euer Ehren, Hauptzeuge im Fall FM23W5, dem Mord bei *J & J Jewelers*.«

Der Richter blickte in die Unterlagen, die man ihm gegeben hatte. »Eingebürgert?«

»Ausländischer Akzent. Ist mit dem Täter rein und hat den Beutel für den Schmuck aufgehalten. Vorstrafe wegen Stromdiebstahls.«

Als ich das mit dem Stromdiebstahl hörte, stockte mir der Atem. Mein Vater hatte das Kabel vom Zähler abgetrennt und es direkt mit dem anderen Ende verbunden. Das war sehr gefährlich, weil man einen Stromschlag bekommen konnte, aber er hatte dafür nur ein einziges Mal ins Gefängnis gemusst und das auch nicht für lange, einen oder zwei Tage, weil so viele Leute wegen der gleichen Sache eingesperrt wurden und die Gefängnisse aus allen Nähten platzten. Doch jetzt sah der Richter ihn an, als hätte er ein Dutzend Leute umgebracht.

Mein Vater wollte etwas sagen, aber der Richter hielt ihn davon ab und meinte, er dürfe erst im Prozess reden. Bis dahin werde er im Gefängnis bleiben. »Der Nächste bitte.«

Noch einmal versuchte mein Vater, etwas zu sagen, aber der Uniformierte schob ihn einfach weg. Als sich mein Vater umdrehte, sah er mir direkt in die Augen und lächelte, doch dann schüttelte er fast unmerklich den Kopf. Ich wollte zwischen den Bänken hindurch zu ihm laufen, aber der Uniformierte hatte ihn aus dem Saal gebracht, noch ehe ich mich erhoben hatte. Ich war den Tränen nahe, enttäuscht und verdattert (eins meiner Lieblingswörter), doch nachdem ich kurz den Kopf gesenkt hatte, fiel mir wieder ein, dass ich neben mir einen neuen Freund sitzen hatte.

»Dein Vater ist ein stattlicher Mann«, sagte mein neuer Freund. »Als Hauptzeuge können sie ihn ohne Anklage bis zum Prozess festhalten. Du solltest zusehen, dass du einen Anwalt besorgst.«

»Anwälte sind teuer, oder?«, fragte ich.

»Kommt darauf an.«

»Ich kenne mich mit Anwälten überhaupt nicht aus«, sagte ich. »Können Sie mir dabei vielleicht helfen?«

Unvermittelt erhob er sich und verließ eilig den Saal. Während noch immer Leute vor den Richter traten, blieb ich etwas ratlos allein zurück. Ich hatte keine Ahnung, wohin ich jetzt gehen oder was ich tun sollte.

Neuntes Ereignis

Ich verließ das Gerichtsgebäude und ging um die nächste Ecke auf den Richmond Place, wo die Ahornbäume ein bisschen Schatten spendeten. Mir platzte fast der Schädel von all den Dingen, die mir durch den Kopf schwirrten. Ich musste einen Anwalt finden, ein Dach über dem Kopf, etwas zu essen, mich um unsere Wohnung kümmern, um den Uhrenkoffer, den Ford und um meine Mutter. Der Asphalt war so heiß, dass er durch die gebrochenen Sohlen meiner zerschlissenen *Keds* brannte. Und mein Magen hatte den Donut vom Morgen längst vergessen.

An der Fourth Street kam ich an einer Kirche vorbei, bei der die Tür offen stand: die römisch-katholische Kirche *Unbeflecktes Herz Mariens*. Die Vorstellung, mich in eine mehr oder weniger kühle Kirchenbank zu setzen und dort in Ruhe über alles nachzudenken, war verlockend, aber wir waren keine Kirchgänger, obwohl wir eine Bibel besaßen und ich darin gelesen hatte, trotzdem gehörten wir keiner bestimmten Religion an. Weihnachten feierten wir mit Baum und besonderem Essen, wenn wir es uns leisten konnten, und manchmal war ich früher, als die Dinge noch in Ordnung gewesen waren, von einem meiner Schulfreunde zu einer kirchlichen Veranstaltung eingeladen worden. Kleidung, mit der man wohl ein Gotteshaus betreten konnte, hatte ich auch. Aber in einer katholischen Kirche, in der ein Priester Weihrauch schwenkte und ein Chor sang, oder in einer Synagoge, wo es einen Vorsänger und spezielle Gesänge gab, wie ich es in Filmen gesehen hatte, war ich noch nie gewesen.

Deshalb fühlte es sich eigenartig an, die Stufen der *Unbefleck-tes-Herz-Mariens*-Kirche allein raufzusteigen. Drinnen war es sehr schön und still, fast heimelig. Nur ein paar wenige alte Leute saßen verstreut in den Bänken und beteten. Ich setzte mich und betrachtete die bunten Fenster, die Heiligenfiguren und die Gemälde von Personen aus der Bibel um mich herum. Langsam begann ich, mich ein wenig besser zu fühlen, besonders meine Füße.

Nicht weit von mir entfernt stand ein hoher schwarzer Kasten mit einem spitzen Dach und einem offenen schwarzen Vorhang auf der einen Seite, wo sich auch ein kleines abgedunkeltes Fenster befand und darunter ein Stuhl. Auf dem spitzen Dach leuchtete ein kleines rotes Licht. Der Kasten hatte auch eine Tür, durch die nun ein dicker Priester in schwarzer Robe trat. Er schloss die Tür hinter sich und das Licht auf dem Dach wechselte von Rot auf Grün. Eine Frau, die vorher gebetet hatte, stand aus der Bank auf und setzte sich auf den Stuhl vor dem Kasten. Das kleine Fenster wurde geöffnet und sie fing an, mit dem Priester zu reden, der mit dem Ohr ganz nah ans Fenster gekommen war, während sie den schwarzen Vorhang um sich herum zuzog, bis sie dahinter verschwunden war. Das grüne Licht war wieder rot geworden.

Ich erinnerte mich daran, solche Kästen schon in Filmen gesehen zu haben. Der Priester war dazu da, den Leuten Ratschläge zu geben, die ihm von ihren Problemen und schlimmen Dingen erzählten und von den Sünden, die sie begangen hatten.

Als die Frau den Vorhang wieder aufschob, bekreuzigte sie sich und entfernte sich von dem Kasten. Das rote Licht wurde grün. Ohne es geplant zu haben, war ich plötzlich ebenfalls auf dem Weg zu dem Kasten, setzte mich auf den Stuhl und streckte den Arm nach dem kleinen Fenster aus, um gegen die Scheibe zu klopfen. Der Priester schob die Verdunklung auf und schien überrascht, mich zu sehen.

»Entschuldigen Sie, Pater«, begann ich. »Ich bin nicht katholisch, aber ist es trotzdem in Ordnung, wenn ich Sie wegen eines Problems frage, das ich habe oder vielmehr meine Familie? Wäre das okay für Sie?«

Der Priester war ein kräftiger Mann mit Doppelkinn und einer kernigen Lache. Das Lachen endete mit einem schweren Hustenanfall. »Ungewöhnlich, ja, aber nur zu.«

»Ich … Wir brauchen einen Anwalt«, sagte ich. »Es kann auch ein katholischer sein, kein Problem.«

Der Priester, den ich Pater Tim nennen sollte, brauchte eine Weile, bis er verstanden hatte, warum ich einen Anwalt benötigte. Von dem Mord bei *J & J Jewelers* hatte er gehört. Priester lasen also anscheinend nicht die ganze Zeit nur die Bibel. Er sagte, er werde über die Sache mit dem Anwalt nachdenken, aber wo ich denn in der Zwischenzeit bleiben wolle, wenn mein Vater im Gefängnis sei, meine Mutter im Sanatorium und unsere Wohnung versiegelt? Dumm, wie ich war, erzählte ich ihm, ohne nachzudenken, die Wahrheit. Nun, sagte er, nette junge Burschen wie ich sollten aber eine vernünftige Bleibe haben, und deshalb werde er dafür sorgen, dass ich ins Katholische Kinderhaus gebracht würde, während er über die Sache mit dem Anwalt nachdächte. In dem Moment schob er bereits die Tür auf, hievte sich schnaufend hoch und kam heraus. Ich sprang von meinem Stuhl auf.

»Komm mit«, sagte er. »Ich bringe dich zu Schwester Ann, der Mutter Oberin, die das Haus leitet.«

Mir lief ein gewaltiger Schauer über den Rücken. »Oh, Sir, Eminenz, das ist zu freundlich von Ihnen, aber wenn Sie nichts dagegen haben, würde ich lieber nicht dorthin, weil ich einen Haufen wichtiger Dinge zu erledigen habe.«

Doch während ich redete, führte er mich schon in einen Raum im hinteren Bereich der Kirche, wo mehrere Nonnen in einem

Büro saßen und Dinge taten wie Schreibmaschine schreiben, telefonieren und Zahlen in große Geschäftsbücher eintragen. Eine der Nonnen, die einen eigenen Schreibtisch hatte, auf dem »Mutter Oberin« stand, kam zu Pater Tim und begrüßte ihn. Sie traten zur Seite und beredeten etwas miteinander, während ich mich schwarz ärgerte, wie ich in so eine blöde Situation geraten konnte.

Schließlich kam Pater Tim zu mir und sagte, Schwester Ann habe einen Platz für mich, während er mit dem Diakon über meine Situation sprechen wolle. Dann tätschelte er mir den Kopf, verabschiedete sich von den Nonnen und watschelte aus dem Raum.

Schwester Ann, die ebenfalls dick war und ein Doppelkinn hatte, meinte, ich solle mitkommen, sie werde mich zu dem Haus bringen. Der Schauer, der mir über den Rücken lief, wurde zu einem Platzregen. Sie nahm mich am Arm und öffnete die Tür. »Es ist nur die Straße runter«, sagte sie und zog mich hinter sich her.

»Ma'am, Mutter Oberin«, rief ich panisch. »Dürfte ich, bevor wir aufbrechen, bitte noch schnell pinkeln gehen?«

Kurz schnappten die Nonnen nach Luft.

»Die Örtlichkeit ist gleich dort am Gang«, sagte sie und zeigte in die Richtung. »Ich bringe dich hin und warte vor der Tür.«

»Oh, danke, aber das ist nicht nötig, ich …«

»Ich warte vor der Tür«, wiederholte sie und sprach jedes Wort abgehackt aus.

Natürlich musste ich gar nicht wirklich pinkeln, ich musste von hier wegkommen, und zwar schnell, bevor Schwester Ann Verdacht schöpfte. Die Toilette war ein enger Raum mit einem Pissoir, einer Kabine, in der wohl ein Klosett war, und einem winzigen Waschbecken mit zwei Hähnen, daneben hing so ein Ding für Papierhandtücher. Und dann gab es noch ein kleines Fenster mit einem Gitter davor, das aber so weit oben war, dass ich es nicht erreichen konnte. Die Tür zu dem Klosett war verschlossen und man sah zwei Schuhe unter der Kabine rauslugen, vielleicht jemand, der mir helfen könnte, das Fenster zu erreichen. Aber das Gitter davor wirkte recht stabil und außerdem war das Fenster zu klein, um sich dort hindurchzuschlängeln, selbst wenn ich das Gitter irgendwie aufbekommen würde.

Normalerweise bin ich gut darin, Wege zu finden, mich aus schwierigen Situationen zu befreien, entweder durch Reden oder mit Köpfchen, doch nun musste ich mir eingestehen, dass ich in den Fängen der Mutter Oberin gelandet war und wohl aufgeben musste. Schweren Herzens ging ich zur Tür, als ich aus Versehen über den Korb mit gebrauchten Papierhandtüchern stolperte – und in dem Moment fiel mir ein, was geschehen war, als wir in den Dachzimmern über *Sorkins Delikatessengeschäft* gewohnt hatten und es im Bad einen Wasserrohrbruch gegeben hatte.

Ich nahm die Papiertücher, stopfte sie in den Abfluss und drehte den heißen und den kalten Wasserhahn voll auf. Schon bald lief das Wasser über den Beckenrand auf den Boden. Ich half noch ein wenig nach, bis es unter der Tür durchfloss, und rief dann um Hilfe. »Überschwemmung! Da kommt immer mehr Wasser!« Als es die Schuhe hinter der geschlossenen Kabinentür erreichte, flog sie auf und ein Mann mit der Hose in den Kniekehlen kam herausgestürmt und hastete auf die Tür zum Gang zu, die in dem Moment von der Mutter Oberin geöffnet wurde. Der Mann, der durch seine Hose behindert war, krachte in die Mutter Oberin und beide stürzten auf den nassen Boden. Vorsichtig ging ich um sie herum und lief so ruhig wie möglich den Gang entlang bis zum Ausgang. Als ich die Stufen der Kirche hinunterstieg, merkte ich, wie das Wasser in meinen Schuhen quatschte, aber ich wusste, dass die *Keds* in der Hitze in null Komma nichts wieder trocknen würden.

Zehntes Ereignis

Im *White Castle* an der Jefferson Street gab es gerade zwei Burger und ein Getränk für fünf Cent und so schob ich dort nicht viel später mein Geld über den Tresen, womit mir noch 42 Cent blieben. Nachdem ich den Katholiken knapp entkommen war, beschloss ich, dass es keine gute Idee wäre, weiter zu versuchen, über andere Leute an einen Anwalt zu kommen. Ich musste mich selbst darum kümmern. Es gab doch überall welche, die Namen waren oft mit Kommas aneinandergehängt: Irgendjemand, Irgendjemand und Irgendjemand. Manchmal bis zu fünf Irgendjemands. Ich überlegte mir, ins *Mercantile*-Gebäude zu gehen und mir die Schilder in der Lobby mal genauer anzuschauen.

Ich aß meinen zweiten *White-Castle*-Burger auf, der dünner war als ein Spinnennetz, aber Ketchup und Senf gab's umsonst und damit ging's. Dann band ich meine Schuhe zu, die inzwischen in der Sonne getrocknet waren.

Im *Mercantile* gab es viele Schilder mit drei, vier oder sogar fünf Namen darauf. *Gary, Appleton & Bishop* hörte sich gut an, fand ich, weshalb ich den Lift hinauf zu ihrer Kanzlei nahm. Sehr vornehm. Ledersofas und Sessel. Sogar Lederwände, was ich noch nie vorher gesehen hatte. »Ja?«, sagte die Dame hinter dem Empfangstresen.

»Ich würde gern zu Mr Appelton, bitte.« Der Klang des Namens gefiel mir.

»Erwartet er dich?«

»Na ja … Nein, aber es ist wichtig.«

Die Dame lächelte mich an, sie wirkte nett, sagte dann aber, dass man nur zu Mr Appleton könne, wenn man einen Termin habe. Mein Vater könne doch vielleicht anrufen und einen vereinbaren.

»Das ist genau das Problem«, sagte ich. »Mein Vater kann Sie nicht anrufen, gerade deshalb will ich ja mit Mr Appleton sprechen.«

»Dein Vater kann nicht anrufen? Warum denn nicht?«

»Er sitzt im Gefängnis.«

Eine Tür wurde geöffnet und zwei Männer traten heraus, von denen einer »Danke, Mr Appleton« sagte. Sie gaben sich die Hand und dann ging der eine. Mr Appleton, ein großer Mann mit ordentlich getrimmtem Schnurrbart und einer goldenen Uhrkette über der Brust, sah mich an und fragte sehr freundlich: »Wen haben wir denn hier?«

Ich sagte ihm, wie ich hieß, und die Dame hinter dem Tresen erzählte ihm, was sie von mir wusste. Mr Appleton lächelte und legte den Arm um mich. »Na, dann komm mal mit rein, Aaron Broom, und lass uns reden.«

Sein Büro war sehr schön und man hatte von dort einen wunderbaren Blick auf den Mississippi. Er setzte sich neben mich auf das Ledersofa und eine Frau kam mit zwei Gläsern Coca-Cola auf Eis. Ich erzählte ihm, wie es dazu gekommen war, dass mein Vater als Hauptzeuge im Gefängnis gelandet war. Er wusste über den Mordfall bei *J & J* Bescheid, weil er in der *Post-Dispatch* darüber gelesen hatte. Er fragte mich nach meinem Alter und meinte, ich sei dafür schon »sehr weit«.

»Streng genommen«, sagte er dann, »ist dein Vater als Hauptzeuge nicht eines Verbrechens angeklagt, Aaron. Trotzdem will der Staatsanwalt ihn bis zum Prozess festhalten. Weil er vielleicht etwas weiß. Im Moment kommt er also nicht raus, und selbst wenn es gegen Kaution möglich wäre, wäre es sehr schwierig und teuer. Aber wenn sie den Mörder finden, wird die Akte geschlossen und dein Vater freigelassen, so wird es wahrscheinlich laufen.«

»Wichtig ist also, den fetten Kerl zu finden, der geschossen hat?«

»Das ist richtig, aber sollte das nicht gelingen und es zum Prozess kommen und dein Dad immer noch in Schwierigkeiten sein, dann melde dich wieder und ich werde versuchen, dir zu helfen, auch wenn wir uns eigentlich nicht mit Strafrecht beschäftigen, sondern auf Seerecht spezialisiert sind. Machen wir es so?«

Zwar hatte ich nicht alles von dem, was er gesagt hatte, verstanden, aber das Wesentliche hatte ich mitbekommen. Ich trank meine Cola aus und bedankte mich höflich.

Auf dem Weg nach draußen bedankte ich mich auch noch bei der Dame hinter dem Tresen. »Es tut mir leid, dass ich ohne Termin bei Ihnen reingeplatzt bin.«

»Schon in Ordnung«, antwortete sie. »Das war eine nette Unterbrechung des üblichen Geschwurbels hier.«

Das Wort kannte ich nicht, aber was sie sagte, klang gut. Offenbar gab es viele wirklich nette Menschen, man musste sie nur finden.

Elftes Ereignis

Während ich im Lift wieder hinabfuhr, dachte ich darüber nach, dass Mr Appleton gesagt hatte, mein Vater müsste nicht mehr als Hauptzeuge im Gefängnis sitzen, wenn der Täter gefasst wäre. Natürlich war es nicht sicher, dass sie den fetten Kerl finden würden, aber wenn man sonst nichts hatte, klammerte man sich eben an jede Nachricht, die in die richtige Richtung ging.

Arthur Conan Doyle stand auf der Liste meiner Lieblingsschriftsteller ganz oben und sein Held, Sherlock Holmes, sagte immer, dies oder das herauszufinden sei »elementar«, allerdings bezweifelte ich, dass es in St. Louis einen Polizeikommissar gab, der den *J-&-J*-Fall als elementar bezeichnen würde. Deshalb sollte ich vielleicht ein bisschen aushelfen. Nicht, dass ich ein Genie im Lösen von Fällen war, nur weil ich alle Fälle von Sherlock Holmes gelesen hatte, die er in *Die Abenteuer des Sherlock Holmes* gelöst hatte, aber schaden würde es wahrscheinlich nicht, nach dem Motto: Zwei Jagdhunde auf einer Spur waren besser als einer.

Als Erstes ging ich dorthin, wo alles angefangen hatte, ohne zu wissen, nach wem oder was ich genau suchte, aber irgendwo musste ich anfangen, das wusste ich. Ich könnte zu *J & J* reingehen und nach dem *Bulova*-Koffer fragen, doch dann würden sie wissen, wer ich war, und ich würde dort nicht mehr herumschnüffeln können. An der Ecke stand ein Junge neben einem Stapel *Post-Dispatches.* Er schwenkte ein Exemplar der Zeitung in der Luft und rief: »Holen Sie sich Ihre *Post-Dispatch*!« Ich ging zu ihm und fragte ihn, ob er Hilfe brauchte. Er war älter als ich, vierzehn oder fünfzehn vielleicht, und sagte zu mir, ich solle mich verziehen. Ich begann, ihm meine Geschichte zu erzählen, und er hörte sie sich an, auch wenn ich dauernd von Leuten unterbrochen wurde, die eine Zeitung kaufen wollten. »Warum haben sie deinen Pop in Handschellen abgeführt?«, fragte er am Schluss.

Das wisse ich nicht, antwortete ich. Und fragte, ob er wusste, wer der tote Mann war.

»Mr Dempsey. Netter Kerl. Hat mir ab und zu mal fünf Cent extra zugesteckt. Mein Pop kannte ihn.«

»Wer ist dein Pop?«

»Hat bei *Scruggs* gearbeitet. Ist aber entlassen worden. Vor über einem Jahr schon.«

»Gut, dass du diesen Job hast.«

»Jap.«

»Was ist mit deiner Mom?«

»Ist an der Grippe gestorben, als sie überall war. Hast du noch eine Mom?«

»Ja, krank im Sanatorium.«

»Was hat sie?«

»Schwindsucht. Zum zweiten Mal.«

»Was ist das?«

»Weiß ich auch nicht genau. Flecken auf der Lunge und sie hustet dauernd Blut. Vielleicht stirbt sie daran.«

Es war schwierig, sich mit ihm zu unterhalten, weil er die ganze Zeit brüllte: »*Post-Dispatch*! Holen Sie sich Ihre *Post-Dispatch*!«, und Geld annehmen und rausgeben musste. Aber er erzählte mir, dass er Augie Beckmier hieß, und sagte, er könne versuchen, mir auch so einen Job zu besorgen, wenn ich wolle.

Ich sagte Nein danke, weil ich versuchen musste, den Täter zu finden, und hoffte, dass er mir helfen würde. Er meinte, ich solle in einer Stunde wiederkommen, weil um die Zeit üblicherweise der Junge auftauchte, der ihn ablöste.

Wir gingen die Straße hinunter zu *Pete's*, wo wir uns ein alkoholfreies *Root Beer* mit zwei Strohhalmen teilten. Ich fragte ihn, ob er die Leute kannte, die bei *J & J* arbeiteten. Er sagte Ja, er liefere jeden Tag die Zeitung dorthin. »Justin und Joel Jankman, die Besitzer, haben hinten ein kleines Büro. Dann gibt es den Typen in seinem Glaskasten, der Uhren repariert, und noch drei Leute, die verkaufen. Dempsey war der, der die Kasse gemacht hat.«

Ich fragte ihn, ob er mir ihre Adressen besorgen konnte. Er meinte, er glaube schon, weil eine der Verkäuferinnen, Grace Dorso, immer sehr nett zu ihm sei. »Sie ist ziemlich pummelig und manchmal ein bisschen aufgedreht, aber man kann sie gar nicht *nicht* mögen.«

»Und die Jankmans?«

»Justin ist in Ordnung, macht Witze und juxt mit mir. Joel kannste vergessen. Der denkt nur an sich. Schnappt sich die Zeitung, tätschelt mir den Kopf und sagt, bis zum nächsten Mal, ohne zu bezahlen. Echt voll daneben.«

»Aber wie können die Jankmans, wenn alle anderen auf dem Zahnfleisch gehen …«

»Trauringe. Die Leute kratzen ihre letzten Dollar zusammen und hungern für einen Trauring, am liebsten mit Diamant. Wahrscheinlich wandert er nach den Flitterwochen geradewegs zum Pfandleiher, aber die J-Brüder sahnen erst mal ab.«

»Glaubst du, dass alle bei *J & J* gewusst haben, dass mein Vater um drei Uhr kommen würde?«

»Wahrscheinlich. Um die Zeit kommen die Vertreter normalerweise immer.«

»Hast du den Täter in den Laden rein- oder rausgehen sehen?«

»Nee. Mein Job lässt mir nicht viel Zeit, um in der Gegend

rumzugucken. Aber ich helfe dir, so gut ich kann. Mit unseren Pop-Problemen sitzen wir im selben Boot.«

»Hat dein Pop im Moment Arbeit?«

»Nein. Er hat aufgegeben. Eine Weile hatte er auf dem Gehsteig gleich an der Washington Avenue, Höhe Fifth, für fünf Cent Äpfel verkauft. Aber da waren überall Leute mit Äpfeln, die Schilder dabeihatten, auf denen stand: ›Helfen Sie mir, meine hungrigen Kinder zu versorgen!‹ Und manchmal saß er den ganzen Tag da und hatte am Abend noch genauso viele Äpfel wie am Morgen.«

»Wie mein Vater mit seinen Glaskerzen. Er ist sie einfach nicht losgeworden. Jetzt hat er endlich wieder einen Job …«

»Mein Pop hat es inzwischen aufgegeben, nach Arbeit zu suchen. Er hat alles probiert, überall, aber immer wieder nur Nein gehört, bis er irgendwann in sich zusammengesunken ist. Im Vergleich zu dem Vater, den ich kannte, meine ich. Er war nämlich früher ein echt famoser Pop, wir haben gemeinsam Spiele geguckt und *Touch-Football* gespielt, wir sind ins Kino gegangen und haben alle möglichen tollen Dinge zusammen gemacht, aber dann ist meine Mom gestorben und …«

Seine Stimme klang jetzt ganz belegt. Er sog so lange an dem Strohhalm, dass ich schon dachte, er würde gar nicht mehr weitersprechen, doch dann fing er sich wieder.

»Jetzt ist er die ganze Zeit traurig, und um die Miete zu bezahlen und damit wir etwas zu essen haben, muss er den

Schmuck meiner Mutter verkaufen, alles, was er ihr in den sechzehn Jahren, die sie verheiratet waren, geschenkt hat, ein Stück nach dem anderen. Und jedes Mal, wenn er was aus ihrer Schmuckschatulle nehmen muss, weint er. Dann sitzt er in der Küche mit dem Armband oder dem Ring und kann gar nicht mehr aufhören, zu weinen. Wahrscheinlich erinnert ihn jedes Stück an den Moment, als er es ihr geschenkt hat, wo sie damals waren und so. Er hat meine Mom wirklich geliebt.«

Ich sagte, dass es meinem Vater mit einem braunen Diamantring, den er meiner Mutter geschenkt hatte und den sie sehr mochte, genauso gegangen sei. Und dass er mit allen Mitteln habe verhindern wollen, dass er verkauft würde, auch wenn sie dafür gewesen war, es zu tun. Einmal, als der Pfandleiher Nathan, bei dem der Ring lag, es fast getan hätte, hatte er sogar geweint.

Das *Root Beer* war leer und

ich hatte das Gefühl, es war höchste Zeit, das Thema zu wechseln.

»Augie, wenn du das nächste Mal die Zeitung zu *J & J* bringst, kann ich dann mitkommen? Ich würde die Leute gern mal sehen und Ausschau nach dem Uhrenkoffer von meinem Pop halten.«

»Klar«, antwortete er. »Komm mit, wir können es gleich machen.«

Wir gingen zurück zu seinem Stand. Augie nahm mehrere Zeitungen und gab mir auch einige. Dann winkte er dem Jungen zu, der ihn abgelöst hatte.

Ich folgte Augie in das Juweliergeschäft. Dort standen zwei Leute an einem gläsernen Tresen und schauten sich verschiedene Trauringe an, die vor ihnen auf einem schwarzen Samttuch lagen. Hinter dem Tresen sah ich eine der Verkäuferinnen, die Augie erwähnt hatte, die pummelige Grace Dorso. Sie hatte sich rot glänzende Kreise aus Rouge auf die Wangen gemalt. In einem engen Glaskasten beugte sich ein Mann über eine geöffnete Uhr und hatte sich eine kleine Lupe ins Auge geklemmt. Die beiden anderen Angestellten, ein Mann und eine Frau, zeigten einer Dame an einer fast leeren Glasvitrine – wohl der, die ausgeraubt worden war – ein Armband. Der Mann sah sehr elegant aus mit seinem Nadelstreifenanzug, aus der Brusttasche lugte sogar ein kleines Taschentuch heraus. Darunter trug er ein Hemd mit steifem Kragen und eine rot-weiß-blau gestreifte Krawatte. Die Frau war jung und sehr hübsch, wie aus einem Film, mit leuchtend roten Fingernägeln und passendem Lippenstift. Sie begrüßten Augie, der anfing, die Zeitungen zu verteilen. Mich stellte er als seinen Assistenten vor. Ich gab eine meiner Zeitungen dem Filmstar.

Währenddessen hielt ich Ausschau nach dem *Bulova*-Koffer, konnte ihn aber nirgends erblicken.

Nachdem wir wieder gegangen waren, fragte ich Augie, was er über diese Leute wusste. Er wusste, dass Joel verheiratet war, aber keine Kinder hatte, dafür eine riesige Villa und ein Auto. Justin war auch verheiratet, mit Kinden, aber ohne riesige Villa oder Ähnliches. Die Schönheit hieß Bonnie Porter und trug einen Hochzeitsdiamanten am Finger. Über den Uhrenreparateur Sol Greenblatt wusste Augie allerdings nichts.

»Und was ist mit dem Typen in dem schicken Anzug?«

»Ach, das ist Matt J. Pringle, der ist schon ewig da und verteilt Karten, auf denen ein Bild von seinem Gesicht drauf ist.«

»Hör zu, Augie, vielleicht hat einer von den *J-&-J*-Leuten mit dem Verbrecher gemeinsame Sache gemacht. Hilfst du mir, mehr über sie rauszufinden?«

»Über wen?«

»Über den Pringle-Typen zum Beispiel.«

»Was denn?«

»Folg ihm nach Hause, ohne dass er es mitbekommt. Mit wem lebt er zusammen? Wie lebt er? Alles, was irgendwie von Bedeutung sein könnte. Gibt es Hinweise auf Waffen? Kommt jemand zu Besuch, der der Gesuchte sein könnte? All solche Sachen.«

»Ich sehe ihn jeden Tag um sechs mit der Tram Nummer zwölf wegfahren.«

»Steig mit ein. Aber pass auf, dass er dich nicht sieht.«

»Klar. Aber wie finde ich dich dann wieder?«

»Gar nicht. Ich habe im Moment keine Adresse. Aber ich weiß ja, wo du zu finden bist.«

Das erinnerte mich daran, dass ich mich langsam darum kümmern musste, wo ich die Nacht verbringen würde – jedenfalls nicht noch einmal auf den Tennisnetzen im Forest Park, wo mich die Mäuse an den Zehen kitzelten.

Zwölftes Ereignis

Augie kennengelernt zu haben half mir sehr, nicht nur, weil er für mich Mr Pringle ausspionierte, sondern auch, weil sein Leben meinem ähnelte, nur mit dem Unterschied, dass seine Mutter tot und sein Vater nicht im Gefängnis war.

Erst wollte ich noch in der Nähe bleiben und ein bisschen »detektivieren«, was Sol Greenblatt so machte, wenn er das Geschäft verließ, fand es dann aber doch wichtiger, ins *Tremont* zurückzukehren und bei Vernon nach dem Ford zu fragen. Außerdem wollte ich Briefe von meiner Mutter abholen, die mir fast jeden Tag schrieb. Sie hatte eine wunderschöne Schrift, und allein ihre schwebenden Ys und Gs zu sehen war ein bisschen, als wäre sie wirklich da.

Ich sah nach, ob unser Apartment noch immer versiegelt war – leider ja –, und überquerte dann den Hof zu Vernons Kellerwohnung. Die Tür stand offen und es roch nach Essen. Ich ging hinein und rief seinen Namen, doch er war nicht allein. Eine große, stämmige, ganz in Schwarz gekleidete Frau mit einer vollgestopften Tasche redete mit ihm. Als er mich sah, begrüßte er mich mit den Worten: »Hi, Stanley, is euer Klo schon wieder verstopft?«

Ungefähr drei Sekunden lang dachte ich, Vernon hätte den Verstand verloren. Aber als sich die Frau umdrehte und ich ihr gruseliges Gesicht sah und das Schild auf ihrer Brust, auf dem stand: »Freda Muller, Jugendamt«, machte es Klick und ich antwortete: »Mein Vater schickt mich. Ich soll den Pömpel holen.«

»Kriegste«, sagte Vernon und gab ihn mir.

»Kennst du zufällig Aaron Broom aus 12B?«, erkundigte sich die Frau und ihre Stimme war so laut und dröhnend, dass sich ein Feldwebel in die Hose gemacht hätte.

»Nein, Ma'am«, krächzte ich. »Ich meine, ja, ich kenne ihn, aber …«

Vernon kam mir zu Hilfe. »Schon gut, George, ich hab Missus Muller schon gesagt, dass Aaron nich' …«

»Ich dachte, er heißt Stanley«, unterbrach sie ihn mit ihrer Dröhnstimme.

»Ach ja, ich verwechsel ihn immer mit sei'm Zwillingsbruda«, rettete Vernon sich beziehungsweise uns.

»Wir sind nämlich eineiig«, sagte ich. »Und ich bin Stanley.«

Sie sah mich mit einem Blick an, der eine Horde Berggorillas hätte töten können, und wandte sich dann wieder Vernon zu.

»Finden Sie ihn!«, befahl sie in einem Ton, der einen Zug zum Entgleisen gebracht hätte. Dann ging sie.

Vernon griff in eine alte Teekanne und zog eine Flasche Whiskey daraus hervor. »Dass ich den jetz' brauch, daran is nur die Alte schuld, die is dafür verantwortlich.« Er setzte sich die Flasche an den Hals. »Was für 'ne blöde Schnepfe, die bringt mich völlig ausser Spur.« Er atmete tief aus und drückte dann entschlossen den Korken wieder in die Flasche.

»Hier sind übrigens 'n paar Briefe von deiner Mama«, sagte er und reichte sie mir. »Und dann kam auch noch dies Paket von *Windy City Strumpfwaren*, aber dein Pa is ja leider nich' da, um's auszuliefern.«

»Ich werd's Mom sagen«, antwortete ich. »So lange bleibt es am besten bei dir. Was ist mit Bertha?«

»Die is in Sicherheit und schläft hinterm Reif'nberg wie'n Baby. Wie wär's mit 'ner Portion Steckrüb'neintopf? Sieht mir ganz so aus, als wenn du in diesen Tag'n nicht viel zwischen die Kiemen kriegst.«

Steckrüben waren alles andere als mein Leibgericht, doch derzeit war ich offen für alles.

Als Vernon mir den Eintopf mit einer Scheibe Toastbrot servierte, applaudierte mein Magen jedenfalls wie wild.

»An mein Geld aus der Zigarettendose ranzukommen ist wohl im Moment schwierig, oder fällt dir da was ein?«

»Nee. Wenn ich du wär, würd ich mich hier auch lieber erst

mal nich' mehr blick'n lass'n, bis die Sperre von eurer Tür wieder ab is. Aber ich kann dir was leih'n, wennde willst.«

»Nein danke, Vernon, in Zeiten wie diesen ist ein leckerer Teller Steckrübeneintopf mehr wert als Dollarscheine, die auf Bäumen wachsen.«

Dreizehntes Ereignis

Ich saß im Forest Park auf der Bank und las die Briefe von meiner Mutter, einen nach dem anderen und ganz langsam. Ich ließ mir Zeit, damit ich meine Mom spüren konnte. Obwohl sie sich in dieser trostlosen Welt befand, in der gehustet und gestorben wurde, versuchte sie, fröhlich zu klingen oder zumindest hoffnungsvoll, dass es ihr bald gut genug gehen würde, um nach Hause zurückzukehren. Aber ich merkte trotzdem, wie weh es ihr tat, so weit weg von uns zu sein, und dass sie in Wahrheit nicht wusste, wann sie das Sanatorium würde verlassen können. Es war, wie wenn dir der *Pitcher* in einem schweren Spiel einen Ball voll in die Seite drischt und du zu Boden gehst: Wenn du aufstehst und es noch höllisch wehtut, darfst du dir nicht an die Stelle fassen oder auch nur das Gesicht verziehen. Du trabst zur *First Base*, als wäre alles in Ordnung, selbst wenn du dich alles andere als gut fühlst.

Wie ich es auch drehte und wendete, ich musste zu ihr rausfahren. Im Sanatorium waren zwar keine Besucher erlaubt, weil Schwindsucht sehr ansteckend ist, aber ich konnte ihr von der Wiese aus etwas zurufen.

Um zum *Fee-Fee*-Sanatorium zu kommen, musste man die Tram nach Creve Coeur bis zum Ende nehmen. Die Fahrt durch die Landschaft war wirklich schön. Überall Bäume und man kam sogar an einem See vorbei, an dem Männer mit Strohhüten angelten.

Von der Haltestelle bis zum Sanatorium war es noch ganz schön weit und der Weg führte an vielen hübschen Häusern entlang, in deren Gärten Wäsche trocknete. Als ich das sah, fiel mir ein, dass ich wahrscheinlich ziemlich verlottert und schmutzig aussah, was für meine Mom, die immer dafür gesorgt hatte, dass ich sauber angezogen war, kein schöner Anblick wäre. Und sie sollte doch nicht erfahren, dass ich nicht in unsere Wohnung kam und dass Pop im Gefängnis war. Deshalb tat ich, was ich tun musste – ich spähte in die Gärten und sah in einem Kleidung, die aussah, als hätte sie meine Größe. Ich stellte sicher, dass niemand mich beobachtete und kein Hund in der Nähe war, der mich in Stücke reißen konnte. Und dann pflückte ich mir ein Paar Socken, Unterwäsche, Hemd und Hose von der Wäscheleine und versteckte mich damit hinter einem Baum, um mich umzuziehen. Meine alten Sachen ließ ich dort liegen. Eigentlich konnte man es gar nicht Stehlen nennen, weil meine Kleidung, wenn sie einmal gewaschen wäre, das, was ich genommen hatte, ja ersetzen würde. Mein Hemd war zum Beispiel viel schöner als das, was ich jetzt trug. Deshalb fand ich es okay, auch noch ein paar Blumen aus dem Garten für meine Mutter mitzunehmen.

Vierzehntes Ereignis

Meine Mutter war im ersten Stock eines Gebäudes untergebracht, an dem ein Balkon einmal ringsherum verlief. Hinter dem Geländer war ein Bett neben dem anderen aufgereiht und alles, was man von dort hörte, war Husten, und zwar von der Art, dass sich am Ende was löst und rauskommt. Mein Vater hatte mir erklärt, dass meiner Mutter viel frische Luft und Sonne halfen, wieder gesund zu werden, auch gute Sachen zu essen wie Sahne und Eier.

Ich ging um das Gebäude herum und musterte die Leute in den Betten, bis ich Mom irgendwann entdeckte. Sie freute sich sehr, mich zu sehen. Ich hielt die Blumen hoch und deutete ihr mit Gesten an, dass ich sie zu ihr raufschicken würde. Allein mit ihr zu reden war unmöglich, weil alle, die im Erdgeschoss und im Obergeschoss in ihren Betten lagen, uns zuhörten. Sie hatten ja sonst nichts zu tun, deshalb guckten sie alle zu mir und hörten zu. Ich fühlte mich wie auf einer Bühne. Auf dem Rasen standen noch andere Besucher und redeten mit den Leuten in den Betten, aber ich hätte schwören können, dass sie alle mir zuhörten.

Ich sah, wie einige Patienten mit Blechnäpfen in der Hand den schmalen Gang zwischen den Betten entlanggingen. Wenn sie husteten und was hochkam, spuckten sie es in die kleinen Näpfe. Die Leute in den Betten hatten auch Blechnäpfe, in die sie spuckten, nur meine Mutter hustete in der ganzen Zeit, während ich da war, kein einziges Mal.

Ich erzählte ihr, dass Vater irgendwo unterwegs war, ich aber gut zurechtkam. Ich ersann noch alles Mögliche. Sie lobte mich, wie sauber und ordentlich ich aussah. Ich stand auf dem Rasen und überlegte, was ich ihr noch erzählen konnte, bis die Glocke läutete, was bedeutete, dass die Besucher gehen mussten. Fast hätte ich vergessen, ihr zu sagen, dass ein Paket von *Windy City Strumpfwaren* gekommen war.

»O nein«, sagte sie und klang gleich wieder besorgt. »Daran habe ich ja gar nicht gedacht. Das muss ausgeliefert werden.«

»Das kann ich doch machen«, sagte ich.

»Nein, ich glaube nicht, dass du das tun solltest.«

»Warum denn nicht? Es muss nach East St. Louis, oder? Ich weiß, wo East St. Louis ist.«

Meine Mutter war plötzlich sehr unruhig, was nicht gut für sie war. Sofort ärgerte ich mich, ihr überhaupt von dem Paket erzählt zu haben.

»Dann bleibt mir wohl nichts anderes übrig, als dich zu schicken, Aaron«, sagte sie schließlich.

»Okay.«

»Aber du gehst nur kurz zu Betty Haskins und dann gleich wieder zurück nach Hause, hörst du? Ach, wenn doch nur dein Vater da wäre, um das zu machen.« Ich hatte keine Ahnung, warum sie sich so aufregte. Das Paket war nicht besonders groß und mit den Seidenstrümpfen sicher nicht schwer, und wenn ich es bis Creve Coeur schaffte, würde ich es doch wohl erst recht bis nach East St. Louis schaffen.

»Na, es wird schon gut gehen, aber sei vorsichtig beim Umsteigen mit der Tram. Und wenn du das Geld kriegst: Zwanzig Dollar davon sind für die Firma. Du gehst einfach damit aufs Postamt und schickst es mit einer Zahlungsanweisung. Von den 2,75 Kommission behältst du 75 Cent und schickst mir den Zweidollarschein in einem gefalteten Stück Papier, damit man das Geld durch das Kuvert nicht sieht.«

Wir winkten zum Abschied und warfen uns Luftküsse zu. Dann ging ich noch zu dem Mann an der Tür und er versprach, die Blumen zu ihr raufzuschicken.

Auf dem Weg zurück zur Tram war mir schwer ums Herz. Es war traurig, sie so zu sehen und so tun zu müssen, als wenn alles in Ordnung wäre, obwohl es das nicht war. Ich schleppte mich vorwärts und hatte das Gefühl, meine Beine würden mich nicht mehr tragen. Als ich an einer Bank vorbeikam, ließ ich mich darauffallen und die Tränen schossen nur so aus mir heraus. Normalerweise war ich keine Heulsuse – ich weinte nie. Kummer machte ich eigentlich meistens mit mir allein aus. Doch jetzt heulte ich wie ein Schlosshund und holte schluchzend Luft und sagte Dinge zu mir selbst, die ich nie zuvor gesagt hatte. Es war wie das eine Mal, als ich eine Eiterbeule gehabt hatte, die sie im Krankenzimmer in der Schule aufgeschnitten hatten, sodass das ganze böse Zeug rausgeflossen war.

In der Tram fühlte ich mich noch immer schlecht, sie bei all den hustenden Leuten zurückzulassen. Was für eine wunderbare Frau sie war und wie sie uns mit ihrer leisen, entschlossenen und liebenden Art zusammenhielt. Obwohl wir nichts hatten und es nichts gab, worauf wir uns freuen konnten, gelang es meiner Mutter doch immer wieder, meinen Vater und mich davon zu überzeugen, dass wir die end- und hoffnungslosen Tage überstehen würden. Irgendwie schaffte sie es, uns davor zu bewahren, dass wir es den anderen, die ein leichteres Leben hatten, übel nahmen. Und ich hatte sogar das Gefühl, den Kindern in der Schule, die besser dran waren, in einigen Bereichen etwas vorauszuhaben. Meine Mom nähte einen schäbigen Flicken auf meine Hose und ich fühlte mich wie mit einer neuen Hose. Ich hoffte, alle guten Mütter wären so. Ich konnte nur von meiner sprechen. Warum sie so grausam bestraft wurde, war etwas, was ich nicht verstand. Im Moment sah es nicht so aus, als würde jemand über uns wachen, wie meine Mommy immer gern sagte. Falls doch, wäre ich froh, derjenige würde sich, wenn man bedachte, dass mein Vater im Gefängnis saß, meine Mom wegen Schwindsucht weggesperrt war und ich von der unheimlichen Freda Muller gejagt wurde, mal für eine Weile um jemand anderen kümmern.

Fünfzehntes Ereignis

Ich fuhr zu Vernon, um das Strumpfpaket abzuholen. Natürlich sah ich mich um, ob Freda Muller irgendwo lauerte, bevor ich zu ihm reinging. So wie sie hinter mir her war, hatte sie was von Jack the Ripper.

An der Eads Bridge, die über den Mississippi nach Illinois führt, wo East St. Louis liegt, stieg ich von einer Tram in die nächste. Kurz vor der Auffahrt zu der Brücke fuhr die Bahn durch eine Hooverville, eine der nach dem Präsidenten Hoover benannten riesigen Armensiedlungen, denn viele gaben ihm die Schuld an der Krise. Die unterschiedlichsten Verschläge drängten sich dort dicht an dicht – große und kleine Zelte, Container, Hütten aus Blech, Pappe und Holz, Essensstände, eine Kirche, die aus unterschiedlichen Granit- und Backsteinen bestand, und noch viel mehr – insgesamt eine eigene brüchige Stadt und ein Ort, an dem ich die Nacht verbringen könnte, wie ich beschloss.

Ich war noch nie in East St. Louis gewesen, aber schon beim Aussteigen aus der Tram fragte ich mich, warum dort überhaupt irgendjemand lebte, wenn man doch auch auf der anderen Seite des Mississippi im richtigen St. Louis leben konnte. Alles hier war schmutzig und hässlich, und die Männer, an denen ich auf der Straße vorbeikam, sahen entweder aus, als wären sie bewaffnet oder krank. Natürlich war das eigentliche St. Louis ebenfalls schmutzig und morgens hing manchmal so viel schwarzer Kohlenstaub in der Luft, dass es einem in den Augen brannte, aber in East St. Louis *fühlte* man sich richtig schmutzig, wenn das Sinn ergibt. Und es war noch heißer als im anderen St. Louis.

Die Straße, in der Betty Haskins wohnte, war nicht gepflastert und überall gab es Schlaglöcher und Rinnen. Ich konnte kaum glauben, dass hier reiche Frauen lebten, die es sich leisten konnten, Seidenstrümpfe zu kaufen. Ich drückte auf den Knopf über ihrem Namen und wartete in der glühenden Sonne von East St. Louis. Fliegen, die vom Türgitter abprallten, surrten um mich herum. Plötzlich waren ein Klicken und eine Frauenstimme zu hören, die fragte: »Hallo, wer ist da?«

»Ich möchte zu Betty Haskins«, sagte ich.

»Wer bist du?«

»Ich habe hier ein Paket von *Windy City Strumpfwaren*. Meine Mutter ist krank, deshalb bin ich gekommen.«

»Ah, natürlich, Honey, warum sagst du das nicht gleich? Komm rauf.« Die Tür ging auf.

Eine lange, steile Treppe führte in die obere Etage. Von dort drang ein sehr eigenartiger Geruch herunter. Auf dem Weg die Stufen hinauf fiel mir wieder ein, woher ich ihn kannte. Auf der Enright Avenue hatte es eine Wahrsagerin in einem Kellerraum gegeben, daher kannte ich den Geruch. Eine Zeit lang hatte ich Werbezettel für sie verteilt, für zehn Cent von nach der Schule bis 18 Uhr, und bei ihr hatte immer Weihrauch vor sich hin gewabert. Aber sie hatte nicht viele Kunden gehabt und irgendwann war sie dann verschwunden. Wenn man nicht regelmäßig etwas zu essen hat, glaubt man wahrscheinlich nicht unbedingt an Wahrsagerinnen.

Als ich oben ankam, konnte ich kaum erkennen, wo es weiterging. Die orangefarbenen Lichter hinter den kleinen Schirmen mit den Fransen leuchteten nur schwach und überall gab es Perlenvorhänge. Anscheinend stand ich in einer Art Korridor mit mehreren geschlossenen Türen, nur am Ende befand sich ein erleuchteter Raum. Von dort konnte ich Stimmen und Musik hören. Dann wurde eine der anderen Türen geöffnet und eine Frau kam heraus. »Du bist ja ein Süßer!«, sagte sie zu mir. »Bist du Inas Junge?«

»Ja, Ma'am.«

»Wirklich schlimm, dass sie so krank ist. Bring das gute Stück nur rein.«

Ich trug das Paket in ihr Zimmer und sie schloss die Tür hinter uns. Auch hier gab es orangefarbene Lichter, aber inzwischen konnte ich besser sehen. Der Raum war voll mit Seide und Satin und in der Mitte befand sich ein großes Bett mit einem Zelt darüber, das ebenfalls aus Seide war und an den Ecken von goldenen Engeln festgehalten wurde.

»Dann lass uns mal sehen, was du mitgebracht hast. Mach es doch einfach auf der Couch auf.«

Betty Haskins war ein Filmstar. Sie hatte rotes Haar und blendend weiße Zähne und sie trug einen schwarzen Seidenmantel mit roten Blumen darauf. Sofort besserte sich mein Eindruck von East St. Louis, denn wenn eine so hübsche und reiche Frau hier leben wollte, musste doch etwas Gutes daran sein. Ich öffnete den Karton und sie griff hinein und zog ein Teil nach dem anderen daraus hervor. Auch ein Nachthemd aus Seide war dabei, ja, so was in der Art war es wohl, mit so viel Spitzenkram vornedran. Sie hielt es sich an und betrachtete sich damit im Wandspiegel. Ich wurde verlegen.

»Ich kann auch draußen auf dem Flur warten«, sagte ich.

»Aber nein, warum denn, Honey«, antwortete sie.

Sie blickte auf die Rechnung und zog Geldscheine aus ihrem Büstenhalter. Ich zählte nach und kam genau auf die richtige Summe. Plötzlich klingelte es und sie ging zu der Wand, an der ein Hörer an einem Haken hing. Sie drückte ihn sich ans Ohr und redete in ein Ding an der Wand.

»Hallo, wer ist da? … Ah, hallo, Honey, komm doch rauf.« Sie dankte mir fürs Kommen, wünschte, dass es meiner Mutter bald besser gehe, und öffnete mir dann die Tür. Sie hatte wirklich gute Manieren.

Ich steckte das Geld in die Hosentasche, die ich vorher noch schnell mit den Fingern auf Löcher überprüft hatte, verabschiedete mich und ging. An der Treppe begegnete ich einem dicken Mann, der sich den Kopf mit einem Taschentuch abwischte, während er die Stufen heraufstieg. Als er mich sah, wurden seine Augen auf einmal deutlich größer. Auf dem Weg nach unten ahnte ich plötzlich, wo ich war. Ich hatte ein Buch über eine junge Frau namens Nana von Émile Zola gelesen, das in der Schule auf der verbotenen Liste stand, und auch noch einige absolut verbotene Geschichten von Guy de Maupassant. Besonders eine, in der es um eine Frau ging, die mit ihrem kleinen Sohn in einem Zimmer lebte, und wenn Männer zu ihr raufkamen, versteckte sie den Klei-

nen immer im Besenschrank. Sie setzte ihn auf einen Hocker und sagte zu ihm, dass er dort sitzen bleiben und keinen Mucks von sich geben sollte. Nur schlief er eines Abends ein und fiel vom Hocker. Und der Mann, der bei seiner Mutter war, öffnete die Tür und wurde fuchsteufelswild, als er ihn sah, und stürmte aus dem Raum, ohne der Mutter etwas zu bezahlen. Der kleine Junge fühlte sich schlecht und weinte, aber seine Mutter war ganz lieb zu ihm und versuchte, ihn zu trösten. Mir gefiel die Geschichte außerordentlich gut, aber bis zu dem Tag hatte es so etwas für mich immer nur im fernen Frankreich und nicht in East St. Louis, Illinois, gegeben.

Sechzehntes Ereignis

Gegenüber der Haltestelle an der Eads Bridge war ein Postamt. Ich besorgte mir ein Formular für eine Zahlungsanweisung und zwei frankierte Kuverts, eins davon adressierte ich an *Windy City Strumpfwaren*, das andere an meine Mom mit dem Zweidollarschein, den ich zwischen den gefalteten Beleg von der Post legte. Die Kuverts und die Gebühr für die Zahlungsanweisung zahlte ich von meinen 75 Cent, sodass mir danach noch 50 Cent blieben, die ich in den Saum meiner Kappe steckte, die ich immer trug. Eigentlich war die Kappe der obere Teil eines alten *Fedora*-Filzhuts, den jemand weggeworfen hatte, weil er für ihn keinen Wert mehr gehabt hatte. Ich aber hatte rundherum mit einer Schere die Krempe abgetrennt und neben den großen Ansteckern mit Franklin D. Roosevelts Kopf darauf, die noch von der Präsidentschaftswahl stammten, ein paar Luftlöcher in die Seiten geschnitten. Hintendrauf war noch ein kleiner Anstecker mit Herbert Hoovers Kopf, über den ich ein dickes schwarzes Kreuz gemalt hatte.

Der ehemalige Präsident Herbert Hoover war der ärgste Feind meines Vaters. »Er ist ein Lügner, ein Betrüger, ein doppelzüngiger Idiot, der sonst was verspricht und dann *nichts* macht! Ein Huhn in jedem Topf, ha, dass ich nicht lache! Ein Auto in jeder Garage! Ja, und eine *Hoover*-Bank, die jeden Cent einheimst, den du sparst!« Im Wahlkampf hatte Franklin Roosevelt über Hoover gesagt: »Der Mann ist doch ein einziger Pudding«, weshalb mein Pop ihn seitdem »Pudding Hoover« nannte und ich mir einen kleinen Reim dazu ausgedacht hatte. »Auf Hoover ist doch kein Verlass, der ist ein dickes Puddingfass.« Präsident Roosevelt hatte auch gesagt, dass Mr Hoover mit seinen Millionen und seinen Millionärsfreunden die Regierung kaputt gemacht und uns damit alle in den Abgrund gezogen hätte. Und ich glaubte ihm.

Wie ich vor dem Postamt stand und Pop in meinem Kopf reden hörte, vermisste ich ihn auf einmal sehr und überlegte, wie es ihm in seiner Zelle wohl erging. Ich hatte keine Ahnung, wo das Gefängnis war, aber vielleicht konnte ich es herausfinden und ihn besuchen, um ihm zu sagen, dass alles gut würde. Und um ihm Hoffnung zu machen, wie Präsident Roosevelt immer sagte. Aber wie sollte ich das Gefängnis finden? Und vielleicht würde dann Freda Muller davon erfahren und mich einkassieren?

Eine Tram, die zur Olive Street fuhr, hielt vor mir an und ich stieg ein. Vielleicht würde mich ein bisschen Plaudern mit meinem neuen Kumpel Augie beim Detektivieren weiterbringen.

Schon von Weitem sah ich ihn die *Post-Dispatch* schwenken und wir winkten uns zu. Im Schaufenster von *J & J* hatten sie ein Schild aufgehängt:

500 $ Belohnung
für Informationen, die zur Festnahme
von Ted Dempseys Mörder führen
Reliable Insurance Company

Ich versuchte, mit Augie zu reden, während er an seinem Stand hin und her lief und seine Zeitungen verkaufte. Er sagte, er habe Matt J. Pringle nicht nachspionieren können, denn als der bei *J & J* rausgekommen war, war er sofort in ein schickes Cabriolet der Marke Marmon mit einer schönen Frau am Lenkrad gestiegen. Und dann waren die beiden auch schon abgedüst.

»Wie waren sie miteinander?«, fragte ich. »Küsschen, Handschlag oder wie oder was?«

»Wie sie miteinander waren?«, wiederholte er. »Na ja, er hat ihr was gegeben, sie hat gelacht und ist losgefahren.«

»Das ist alles?«

»Sie hat noch ihren Hut abgenommen und ihr Haar ausgeschüttelt.«

»Blond?«

»Schwarz wie ein Pik-Ass.«

Augies Ablösung kam und wir gingen auf ein *Root Beer* mit zwei Strohhalmen zu *Pete's*, nur dass dieses Mal ich die fünf Cent dafür auf den Tresen legte, die ich von meinen ursprünglich 47 Cent nahm. Die 50 Cent im Saum meiner Kappe wollte ich nicht anrühren. Sie sollten mein Geheimnis bleiben.

»Und was meinst du zu Pringle?«, fragte Augie.

»Wenn man sich seine steife Kleidung anguckt, mit der er für einen Bankangestellten durchgehen könnte, hätte ich ihn nie für jemanden gehalten, der bei Frauen gut ankommt.«

»Ich schon.«

»Wie kommt's?«

»Als ich dich mit zu *J & J* reingenommen habe, hat er doch einer Frau ein Diamantarmband gezeigt. Es war die Art, wie er ihre Hand hielt, um es ihr umzulegen.«

»Sexy, meinst du?«

»Sehr. Sie hat ihn richtig angehimmelt. Und er hat ihr seine Karte gegeben.«

»Und was hat das mit …«

»Ach, Aaron, wir sind doch nur hilflose Jungs. Als erwachsener Mann wäre ich in mein Auto gesprungen und hinter ihnen her und vielleicht wüssten wir dann jetzt ein bisschen mehr, aber …«

»Aber du weißt doch schon ein bisschen mehr – nur dadurch,

dass sie ihn abgeholt hat. Hör zu, Augie, der fette Kerl, der da plötzlich aus dem Nichts aufgetaucht ist und sich hinter meinem Vater in den Laden gedrängelt hat, das war jemand, der wusste, dass mein Pop um drei Uhr kommen würde. Und das konnte er nur wissen, weil er von *J & J* einen Hinweis bekommen hatte. Wir finden heraus, von wem, und wir haben den Mörder.«

»Ja, ich weiß. Aber abgesehen von *J & J* gibt es noch jemanden, den sich die Polizei genau anschaut.«

»Wen denn?«

»Deinen Pop vielleicht?«

»Was?«

»Ich weiß, ich weiß, dass er dein Pop ist, aber beim Detektivieren muss man bedenken, dass er tief gefallen ist und hohe Schulden hat und einen Ring aus der Pfandleihe holen will. Und dann kennt er da diesen Typen, der *J & J* ausrauben will. Alles, was dein Vater tun muss, ist also, ihm die Zeit zu sagen, wofür er einen Anteil kriegt. So funktionieren diese Sachen.«

»So was macht mein Vater nicht. Niemals!«

»Das habe ich auch nicht gesagt, es war nur ein Beispiel.«

»Ich werde noch bei den anderen detektivieren. Diese Grace, so schrill, wie die kichert, ist sie ziemlich nervös.«

»Woher weißt du das?«

Fast hätte ich gesagt: »Das ist elementar, mein lieber Augie«, verkniff es mir dann aber doch und sagte nur, dass sie an ihren Fingernägeln kaute. »Ich würde gern herausfinden, warum sie so nervös ist. Und ich würde gern wissen, warum eine Schönheit wie Bonnie Porter, die eine richtige Lady ist und feine Kleidung trägt, so eine einfache Arbeit macht.«

»Dazu kann ich dir sagen, dass sie mit einem Schauspieler verheiratet ist, der auf KMOX im Radio Sachen macht und im *Muny* auftritt. Ihr Foto ist immer wieder bei besonderen Veranstaltungen in der Zeitung.«

»Wenn du mich fragst, hat sie was zu verbergen.«

»Woher weißt du das?«

»Institution.«

»Was?«

»Institution.«

»Du meinst Intuition?«

»Mist! Warum verwechsele ich die beiden nur immer?«

»Jetzt mach dich mal nicht so schlecht. Für einen Zwölfjährigen bist du ganz gut.«

»Fast dreizehn.«

»Das werden wir mit einer Runde *Root Beer* und Hotdogs feiern und die gehen auf mich.«

Ich sah, dass er mehr getrunken hatte als ich. »Weißt du was? Wenn wir dranbleiben, haben wir am Ende vielleicht doch noch Glück.«

»Ja, damit sind wir in letzter Zeit nicht gerade überhäuft worden.«

Siebzehntes Ereignis

Wenn man sich der Siedlung an der Eads Bridge zu Fuß näherte, wirkte sie ganz anders als beim Durchfahren mit der Trambahn. Was auf den ersten Blick wie ein zusammengedrängtes Durcheinander wackeliger, fast übereinanderstehender Hütten und Verschläge wirkte, war, wenn man genauer hinsah, eigentlich ziemlich gut organisiert. Jeder hatte seinen eigenen Bereich und es gab eine Art Weg dort hindurch, auf dem man von einem Ende zum anderen gehen konnte. Das Gebiet, über das sich die Hooverville erstreckte, war riesig. Es begann an der Auffahrt zur Brücke und endete am Ufer des Mississippi. Vor einigen Hütten standen wackelige Stühle und Kinderschaukeln und viele hatten sich Öfen aus zusammengetragenen Ziegeln und Steinen gebaut, in denen man Feuer machen und kochen konnte. Zwar gab es den Fluss an einem Ende der Siedlung und einen Waschplatz, aber genügend Wasser bis dahin zu transportieren, wo die meis-

KEEPOUT

ten Hütten standen, war anscheinend schwierig. Jedenfalls war alles mit einer dicken Staubschicht bedeckt. Und die Leute schleppten in Eimern gerade genug Wasser zum Waschen der Kleidung heran, die überall an Leinen hing. Kinder spielten, so gut es eben ging, und die Erwachsenen behielten sie im Auge, so gut es eben ging.

Während ich von links nach rechts schaute und immer weiter lief, wurde es langsam dunkel, in einigen Öfen wurden Feuer entzündet und die Kinder wurden zum Essen gerufen. An mehreren Hütten leuchteten Kerosinlampen. Auf einer Art Marktplatz hatte sich eine große Gruppe versammelt, die einem Radio lauschte. Mir fiel auf, dass ich bis dahin noch gar keine Musik gehört hatte und es abgesehen von den spielenden Kindern ziemlich leise gewesen war.

Das Radio war ein *Atwater Kent*, das gleiche Modell wie das, was wir im *Westgate* gehabt hatten, bis die Röhren durchgebrannt waren und wir kein Geld mehr gehabt hatten, um sie zu ersetzen. Das war wahrscheinlich auch der Grund, warum hier kaum ein Radio lief – entweder waren die Röhren durchgebrannt oder die Geräte waren beim Pfandleiher oder es gab keinen Strom im Viertel. Das *Atwater-Kent*-Radio vor mir war an ein sehr langes Verlängerungskabel angeschlossen, das zu einer Steckdose hoch oben an der Brücke führte. Es lief ein Kamingespräch mit Präsident Franklin D. Roosevelt. Der Ton war voll aufgedreht und man konnte weithin hören, wie locker und irgendwie vertraulich er sprach, als würde er sich ernsthaft mit dir persönlich unterhalten, anstatt zu palavern, wie die meisten anderen in der Regierung. Die Leute, zu denen er sprach und unter denen ich hier stand, hatten alles verloren – ihre Häuser, ihre Arbeit, ihre Autos, wirklich *alles*, genau wie wir. Aber hier standen sie nun zusammengedrängt, und obwohl sie in wackeligen Verschlägen unter der Auffahrt zu einer Brücke leben mussten und ihre Mägen so leer waren wie meiner, fühlten sie sich gut, weil sie gerade Roosevelt zuhörten. Auch ich empfand so, und das, obwohl es den meisten von uns gar nicht besser ging als zu der Zeit, als der Präsident gewählt worden war. Aber wenn er sagte, es würde besser, dann glaubten wir ihm. Und niemand in dieser Gruppe verzog sich oder buhte ihn aus, als er sagte, dass die Lage schon etwas besser sei als noch vor zwei Monaten. Wir applaudierten. Er sagte, vor zwei Monaten sei das Land dabei gewesen, Stück für Stück zu sterben, aber wir kämpften uns zurück. Applaus. Wir könnten wieder für ein Haus sparen. Applaus. Junge Familienväter bekämen Arbeit über das *Civilian Conservation Corps*. Applaus und Pfiffe. Geschlossene Banken öffneten wieder ihre Tore. Applaus. Unsere Farmen würden gerettet. Applaus. Und jetzt dürften wir wegen eines Gesetzes, das er gerade unterschrieben hatte, sogar wieder Bier trinken! Noch mehr Applaus als vorher. (Zwei Männer, die Budweiser tranken, reichten ihre Flaschen herum.) Er und der Kongress, Demokraten und Republikaner zusammen, arbeiteten jetzt hart daran, all die Dinge zu ändern, die unser Leben fast zerstört hatten. Applaus und Jubel. Er sagte, ein guter Anfang sei gemacht, aber wir müssten gemeinsam daran glauben, um weiter voranzukommen.

Alle lobten und priesen ihn auf dem Weg zurück zu ihren Hütten. Auch ich. Ich war gut gelaunt, obwohl mein Magen leer war und ich nicht wusste, wo ich heute Nacht schlafen sollte, ob ich mit dem Detektivieren je so weit kommen würde, dass sie meinen Vater aus dem Gefängnis freiließen, und ob meine Mom in dem Sanatorium womöglich sterben würde. Doch da konnte mir auch Präsident Roosevelt nicht helfen.

Achtzehntes Ereignis

Während ich mich weiter von den Radiohörern entfernte, nahm ich einen höchst verlockenden Duft wahr oder besser gesagt: Mein Magen reagierte darauf. Er wehte von einem Feuer herüber, dessen Funken ich am Himmel sah. Als ich näher kam, erblickte ich ein altes Ölfass, in dem Holzscheite verbrannt wurden. Um das Fass herum standen drei vierzehn- oder fünfzehnjährige Jungen, vielleicht waren sie auch noch ein bisschen älter, und aßen Kartoffeln, die sie in der Glut geröstet hatten. Wenn man mich fragt, gibt es nichts Schöneres als den Duft von gerösteten Kartoffeln mit der knusprigen Pelle und dem weichen Inneren, besonders, wenn noch ein bisschen Salz und Butter mit im Spiel ist.

»Was guckste, Kleiner?«, fragte einer der Jungs. »Haste noch nie 'ne heiße Kartoffel gesehen?« Er war der größte der Gruppe und auf jeden Fall viel größer und breiter als ich.

»Ihr habt ja ein schönes Feuer für die Kartoffeln«, sagte ich. Er teilte ein Stück von der Kartoffel ab, die er gerade aß, und legte es auf Zeitungspapier. »Hier, probier mal.« Ich nahm die Kartoffel in der Zeitung und dankte ihm. Auch wenn ich mir ein bisschen die Zunge verbrannte, schmeckte sie einfach nur fantastisch.

»Ich heiße Jim«, sagte er. »Und du?«

»Aaron.«

»Was ist das denn für'n Name?«

Auch wenn ich noch ein Stück Kartoffel sehr gut vertragen hätte, merkte ich, dass dieser Jim Ärger bedeutete, und wollte gerade weitergehen, als er mich am Arm festhielt.

»Wohin willst du, Aaron? Du hast noch nicht für die Kartoffel bezahlt, die du gegessen hast.«

»Hör auf, Jim«, sagte einer der beiden anderen.

Jim hielt mich nach wie vor ziemlich fest. »Ich weiß, was …« Er zog mir die Kappe vom Kopf und setzte sie sich auf. »Passt genau. Jetzt sind wir quitt.«

»Komm schon, Jim, such dir jemanden in deiner Größe, um dich mit ihm anzulegen.«

»Ach ja? Setz dir doch den kleinen Aaron auf die Schultern. Dann müsste er ungefähr so groß sein wie ich.« Er versetzte mir mit so viel Wucht einen Hieb gegen den Kopf, dass meine Zähne aufeinanderschlugen.

Ich spürte in mir aufsteigen, was immer hochkam, wenn ich

mich verteidigen musste. Ich vergesse immer, wie es heißt, aber es heizt einem ordentlich ein. Dieser Jim hatte nicht nur meine Kappe, darin steckten auch noch meine 50 Cent.

»Was meinst du, Aaron, rauf auf Franks Schultern und dann fechten wir es aus?« Er schubste mich und holte zu einem weiteren Schlag aus. Ich sah seine Hand auf meinen Kopf zukommen und wich ihm mit einem Vernon-Manöver aus. Die anderen beiden Jungen riefen, dass Jim aufhören sollte. Trotzdem riss er die andere Hand hoch, verfehlte mich aber wieder. Ich stand jetzt voll unter Dampf, so sehr, dass er mir fast zu den Ohren rauskam, und noch ehe Jim irgendetwas unternehmen konnte, trat ich ihm mit all meiner Kraft zwischen die Beine. Er schrie und krümmte sich japsend und stöhnend und ich nahm die Kappe von seinem Kopf.

»Jetzt hab ich dich auf meine Größe runtergeholt«, sagte ich, setzte mir die Kappe wieder auf und entfernte mich. Der Junge, der Frank hieß, lief hinter mir her. Ich hatte Angst, dass es nun noch mehr Ärger geben würde, aber er wollte mir nur eine in zwei Seiten Zeitung eingewickelte ganze Kartoffel geben.

»Danke, Aaron«, sagte er. »Du hast getan, was wir schon lange gern getan hätten.«

Ich fand einen Platz zum Sitzen und aß die heiße Kartoffel so langsam, wie mein Hunger es zuließ, weil ich so viel wie möglich davon haben wollte. Es tat mir leid, dass ich mich auf so grobe Art und Weise aus der Situation hatte befreien müssen, aber die letzten Jahre in der Krise hatten mir gezeigt, dass man tun muss, was man tun muss, um zu überleben. Selbst wenn das heißt, jemanden, von dem man drangsaliert wird, in die Eier zu treten.

Als ich die Kartoffel aufgegessen hatte und mit der Zeitung im Schoß dasaß, fühlte ich mich komplett leer und die heiße Nacht lastete schwer auf meinen Schultern. Nicht, dass die Kartoffel nicht geholfen hätte, das schon, auch wenn ich noch ein paar mehr davon hätte verdrücken können. Nein, ich fühlte mich so leer, als würde nichts mehr in mir brennen von dem, was mich mal dazu gebracht hatte, zu glauben, ein zwölfjähriger Junge könnte einen Mord aufklären und seinen Vater aus dem Gefängnis holen und dazu noch die Versiegelung von der Tür, den Ford aus dem Versteck und den *Bulova*-Koffer aus dem Juweliergeschäft kriegen.

Ich war verdammt nah dran an dem, was ich absolut und unter keinen Umständen zulassen *durfte*, und das war, mich selbst zu bemitleiden. So einer bin ich nicht! Ich bin nicht irgendein Nullachtfünfzehn-Kind. Ich habe viel durchgemacht und dabei viel gelernt und ich weiß, wer ich bin und was ich kann. Und was ich auf jeden Fall kann, ist, mich nicht selbst zu bemitleiden! Ich weiß nicht, wo ich heute Nacht schlafen soll, na und? Millionen Menschen haben keinen Schlafplatz und kein Geld und keine Verwandten und …

»Aaron!«, rief plötzlich jemand. »Bist du das, Aaron?«

Jetzt hörte ich schon Stimmen.

Die Stimme, die ich hörte, war die eines Mädchens, das auf mich zulief und mich fest in den Arm nahm. Ich traute meinen Augen nicht.

»Ella, o Ella!«, seufzte ich und sie lachte, ehe wir beide gleichzeitig fragten: »Wohnst du hier?«

Ella McShane und ihre Mom hatten im *Westgate Hotel* zwei Zimmer neben uns gewohnt. Ella war drei Jahre älter und einen Kopf größer als ich. Wir waren gute Freunde und sie hatte mir alles über die Orte erzählt, an denen sie gelebt hatte, als sie und ihre Mom noch mit ihrem Vater zusammengewohnt hatten und er für seine Arbeit überall hingeschickt worden war. Ella war sehr schlau und hatte viel gelesen, aber sie hatte Epilepsie und konnte nicht zur Schule gehen. Ihr Vater lebte inzwischen nicht mehr bei ihnen, aber er schickte Geld für ihre spezielle Medizin gegen die Epilepsie, und ein bisschen war dann noch übrig für Essen und eventuell einen Teil der Miete. Sie hatten das *Westgate* vor uns verlassen, aber ich konnte mich nicht daran erinnern, ob sie rausgeworfen worden waren wie wir oder ob sie selbst beschlossen hatten zu gehen.

Ella und ich begaben uns zu ihrem Verschlag, damit ich ihre Mutter begrüßen konnte, eine famose Frau, die meiner Mutter manchmal geholfen hatte, wenn es ihr nicht gut gegangen war. Sie lebten in einer der besseren Unterkünfte der Siedlung – ei-

nem stabilen Zelt mit Pritschen für sie beide und einer kleinen Küchenecke und genügend Platz für einen Tisch und zwei Stühle. An den Wänden waren sogar ein paar Bilder befestigt. Auf dem Tisch stand eine Kerosinlampe und in einer Ecke waren all die Sachen fürs Bad. Sie hatten auch ein *Victrola*-Grammofon, das man mit der Hand ankurbeln konnte. Ella hatte eine schöne Stimme und kannte viele Lieder. Im *Westgate* sollte ich immer mit ihr singen, dabei durfte ich in der Schule nicht einmal »America, the Beautiful« mitsingen, weil durch mich anscheinend alle anderen auch schlecht klangen.

Mrs McShane war noch immer so nett, wie ich sie in Erinnerung gehabt hatte. Sie stellte uns Rosinenkekse hin und fragte nach mir und meiner Familie. »Aber Aaron, bist du nicht ein bisschen zu jung dafür, dass Erwachsene dich ernst nehmen?«

»Das ist es ja gerade«, antwortete ich. »Mit einem Kind wie mir spricht der Mörder vielleicht eher.«

»Na ja, da sei aber vorsichtig. Wer ein Mal tötet, tötet auch ein zweites Mal. Vielleicht solltest du deine Beobachtungen festhalten.« Aus einer Schublade im Tisch zog sie ein kleines Notizbuch, das sie mir zusammen mit einem Bleistiftstummel schenkte. Ich dankte ihr und steckte beides in meine hintere Hosentasche. »Aber du bist wirklich vorsichtig, hörst du?«

»Ja, natürlich, Ma'am, ich pass immer auf, wer hinter mir ist.«

»Erst mal wäre allerdings ein Platz zum Schlafen wichtig für dich. Wie du sehen kannst, ist es bei uns schon zu zweit ziemlich eng.«

»Ach, machen Sie sich um mich keine Sorgen, Mrs McShane«, antwortete ich. »Zur Not habe ich einen Schlafplatz im Forest Park.«

Ella hatte eine Packung Zimtkaugummi und bot mir gerade einen Streifen an, als es geschah. Als Erstes wurde ihr Arm steif und sie stieß einen leisen Schrei aus, dann fiel sie um. Auf dem Boden gab sie einen Laut wie ein Knurren von sich. Ihr ganzer Körper war vollkommen starr, in ihren Augen war nur noch das Weiße zu sehen und ihre Beine zuckten, als würde jemand etwas Heißes an ihre Füße halten. Ich war zu Tode erschrocken und wusste nicht, was ich tun sollte.

Ihre Mutter rannte zum Tisch, holte etwas von dort und eilte damit zurück zu Ella. Es war ein Stab, wie der, mit dem die Krankenschwester in der Schule einem immer in den Hals guckte. Mrs McShane schob den Stab in Ellas Mund. »Schnell, Aaron, schnell«, sagte sie zu mir. »Heb ihren Kopf an, sonst erstickt sie an ihrer Zunge!« Ich hockte mich nieder und nahm ihren Kopf hoch, während Ellas Mutter weiter den Stab in Ellas Mund hielt. Mittlerweile zuckte deren gesamter Körper, sie schluchzte leise und ließ mehrmals einen fahren. Ich wollte helfen. O Gott, wie sehr ich helfen wollte, aber ich hatte keine Ahnung, wie.

Dann, genauso plötzlich, wie es angefangen hatte, war es wieder vorbei. Auf einmal. Ihre Augen wurden wieder normal und ihr Körper entspannte sich. Ihre Mutter wischte ihr mit einem nassen Tuch übers Gesicht und dann halfen wir ihr auf. Ich bückte mich nach dem Kaugummistreifen und gab ihn ihr zurück.

»Alles in Ordnung, Süße?«, fragte ihre Mutter.

»Ja, klar«, antwortete sie und versuchte, zu lächeln. Sie war schneeweiß im Gesicht und hatte Sommersprossen, die mir vorher noch nie aufgefallen waren.

»Ich mach mich dann lieber mal wieder auf den Weg«, sagte ich und dankte Mrs McShane für den Keks. Ich fühlte mich schrecklich. Wirklich fürchterlich.

»Es tut mir leid«, sagte Mrs McShane zu mir. »Ella hat schon lange keinen Anfall mehr gehabt.«

»War es sehr schlimm?«, fragte Ella mich und drückte ihre Finger fest gegeneinander.

Ich wusste nicht, was ich sagen sollte.

»Ella, jetzt lass Aaron aber gehen.«

»Ich will nur wissen, ob ich was total Abartiges gemacht habe«, sagte Ella lauter.

»Na ja«, antwortete ich und wäre am liebsten im Erdboden versunken, »eben ging es dir nicht gut und jetzt ist es wieder in Ordnung.«

»Hier«, sagte sie, »du hast deinen Kaugummi gar nicht genommen.« Sie hielt mir den Streifen Zimtkaugummi noch einmal hin. Diesmal nahm ich ihn und steckte ihn in meine Tasche.

»Ich hatte meine Medizin nicht«, redete sie weiter. »Solange ich meine Medizin nehme, habe ich keine Probleme.«

»Mir fehlte ein Dollar«, erklärte Mrs McShane. »Und der Apotheker hat sich geweigert, mir das Medikament trotzdem zu geben, obwohl ich ihm versprochen habe, zu bezahlen, sobald mein Geld kommt. Ich habe ihm sogar angeboten, meine Uhr dazulassen.«

»Habt ihr noch die leere Packung vom letzten Mal?«, fragte ich. »Und ein Rezept?«

»Ja«, sagte Ella. »Das leere Fläschchen ist noch drin.«

»Ist die Apotheke in der Nähe?«

»Ja, zwei Ecken weiter.«

»Ich habe eine Idee«, sagte ich.

In der *Eads Pharmacy* war viel los. Ich gab der Frau hinter dem Tresen das Rezept. Sie verschwand und kehrte mit einer Schachtel zurück, die sie vor uns auf den Tisch legte, und sagte, ich solle damit zur Kasse gehen. Ich blickte auf die Rechnung, die uns die Kassiererin gab, und sagte: »Das muss ein Fehler sein. So viel zahlen wir sonst nie, oder?« Ich sah Ella an.

»Ich glaube nicht«, antwortete sie.

»So viel kostet es aber«, sagte die Kassiererin. »Es ist eure Entscheidung, ob ihr das Medikament nehmt oder nicht.«

»Aber meine Schwester braucht die Medizin unbedingt.« Ich drückte voll auf die Tränendrüsen. »Es geht um Leben und Tod.«

»Es tut mir leid, aber so ist es nun mal. Ohne Geld kein Medikament.«

»Okay«, sagte ich, »dann wohl nicht.«

Die Kassiererin stellte die Schachtel in das Regal hinter sich. »Der Nächste bitte«, sagte sie.

Wir gingen zu Ellas Zelt zurück und öffneten die Schachtel mit dem gefüllten Fläschchen, das ich gegen das leere aus meiner Tasche ausgetauscht hatte. Ella nahm eine Tablette und schien sich gleich besser zu fühlen.

»Du bist unsere Rettung, Aaron«, sagte Mrs McShane.

»Und wie er es gemacht hat, Mom, vollkommen lässig. Darauf muss man erst mal kommen, sie einfach so zu auszutauschen.«

»Das ist nicht auf meinem Mist gewachsen«, gestand ich. »Ich hab meinen Vater dabei beobachtet, wie er meiner Mutter auf diese Weise ihre Medizin besorgt hat.«

»Als ihr weg wart, ist mir was eingefallen«, sagte Mrs McShane dann. »Hast du Captain Arnold in letzter Zeit gesehen?« Dabei blickte sie zu Ella.

»Nein, schon eine ganze Weile nicht.«

»Und ist irgendjemand anders an seinem Platz gewesen?«

»Nein, ich glaube nicht.«

»Na dann«, sagte Mrs McShane zu mir, »hast du vielleicht Glück. Captain Arnold ist ein alter Griesgram, der früher bei der Marine war. Die Ecke dahinten, wo die Hängematte ist, ist seine. Den Tag verbringt er normalerweise im Marinehaus an der Market Street, aber geschlafen hat er immer in der Hängematte, seit wir hier sind. Eigentlich ist er jeden Abend zur selben Zeit aufgetaucht, ohne je ein Wort mit uns oder irgendjemand anderem zu wechseln, wenn er am Zelt vorbeikam. Freunde oder Familie hat er nicht, vielleicht hat er sich also längst in den ewigen Marinehimmel navigiert. Warum übernimmst du nicht einfach seinen Platz? Das Schlimmste, was passieren kann, ist, dass er kommt und dich rauswirft. Aber sonst ist er immer viel früher am Abend hier gewesen.«

Ich hatte noch nie in einer Hängematte gelegen und die ersten Male, als ich versuchte, reinzukommen, wackelte sie so sehr, dass ich sofort wieder auf dem Boden landete. Irgendwann schaffte ich es dann doch, aber einzuschlafen fiel mir schwer, weil ich Angst hatte, dass ich mich nachts überschlagen und mir das Genick brechen würde. Am Ende habe ich jedoch nie besser geschlafen und zum Glück ist der Captain auch nicht gekommen, um mir eine oder zwei runterzuhauen, denn ein bisschen tat mir noch immer der Kopf von den Schlägen von diesem Jim weh.

Am Morgen verzog ich mich schnell, damit sich die McShanes nicht verpflichtet fühlten, mir ein Frühstück zu servieren, wenn sie überhaupt etwas hatten. Am Rand der Siedlung fand ich einen kleinen Laden, in dem ich mir zwei *Pancakes* und ein Glas Milch, eine Zahnbürste und eine kleine Tube Zahnpasta für insgesamt sieben Cent kaufte.

Neunzehntes Ereignis

Als ich auf der Olive Street aus der Tram stieg, sah ich, wie Augie mir zuwinkte.

»Sie ist bei *J & J* drinnen«, sagte er. »Komm her, dann siehst du sie.«

Ich ging zum Schaufenster mit dem 500-$-Belohnung-Schild und sah, wie sich Pringle über den gläsernen Tresen mit den Diamantringen beugte. Eine modisch gekleidete junge Frau in einem perlenbesetzten Kleid beugte sich ebenfalls über den Tresen, zwischen ihnen ein Samttablett. Die junge Frau probierte Ringe von dem Tablett an, die Pringle ihr nacheinander reichte. Sie fand einen Ring, der ihr gefiel, hielt ihn hoch, betrachtete ihn von allen Seiten und dann kamen sie sogar vor die Tür, damit sie den Ring bei Tageslicht begutachten konnte. Nur einen guten Meter von mir entfernt blieben sie stehen. Die Frau duftete ganz wunderbar.

Während sie ihre Hand hin und her drehte und den Ring in der strahlenden Sonne von St. Louis bewunderte, griff sie in ihre Glitzertasche, die sie über der Schulter trug, und zog etwas daraus hervor, was sie ihm reichte. Ich konnte nicht erkennen, was es war.

Dann begannen beide, zu lachen, und kehrten in das Geschäft zurück. Pringle räumte die Ringe wieder in die Glasvitrine, alle bis auf den am Finger der jungen Frau. Den nahm sie ab, er putzte ihn mit einem besonderen Tuch und sie steckte ihn sich wieder an. Er brachte sie zur Tür, sie gaben sich zum Abschied die Hand und sie stieg in ihr Marmon-Cabriolet, das in zweiter Reihe am Straßenrand stand. Am Steuer saß ein Mann, der eine Leinenkappe und Lederhandschuhe mit abgeschnittenen Fingern trug, und sobald sie die Wagentür geschlossen hatte, fuhr er ab.

Augie und ich gingen zu *Pete's*, um uns ein Käsesandwich und ein *Root Beer* zu teilen (seit Bier legal geworden war, stand *Pete's Pub* über der Tür).

»Was hatte es damit auf sich?«, fragte ich. »Weder Geld noch Quittung …«

»Sie hat ihm was gegeben.«

»Was er nicht mal angeguckt hat. Hat er es sich in die Tasche gesteckt? Oder im Geschäft in die Schublade?«

»Keine Ahnung. Auf einmal war es weg.«

»Wer ist dieser Pringle?«

»Keine Ahnung, aber wahrscheinlich ist das nicht sein richtiger Name.«

»Da hast du wohl recht. Der ist mir echt nicht geheuer, so geschniegelt, wie der rumläuft.«

»Ich versuche heute Abend noch mal, ihm nachzugehen.«

»Sie holt ihn wahrscheinlich heute nicht ab.«

Zwei Männer kamen in das Lokal und setzten sich an die Bar. Sie trugen Strohhüte und Seersucker-Anzüge. Augie nickte in ihre Richtung.

»Was ist?«

»Justin und Joel«, flüsterte er.

Sie sahen überhaupt nicht aus wie Brüder. Der Barkeeper servierte ihnen zwei Bier mit Schaumkrone und stellte eine Schale Erdnüsse dazu. Ein einziges Mal hatte ich einen Schluck richtiges Bier getrunken und fand, dass es wie Medizin schmeckte, vor der man sich ekelte. Der kleine Tisch, an dem wir saßen, war nicht weit weg von der Bar und die Brüder hatten uns den Rücken zugekehrt, sodass wir ungestört zuhören konnten, was sie sagten.

»Was hältst du von dem Versicherungstypen?«

»Eigentlich hat er alles abgenickt, was auf unserer Liste stand, oder?«

»Ja, aber sein Büro kann immer noch was streichen.«

»Hoffentlich nicht, aber eins ist trotzdem beunruhigend.«

»Was denn?«

»Wer auch immer unserem Mann mit dem Coup zuvorgekommen ist – wenn das Schwein rausfindet, dass alles, was er gestohlen hat, gefälscht ist, was macht er dann? Wenn unser Mann das Zeug geholt hätte wie geplant, hätten wir es rechtzeitig verschwinden lassen, aber so ist es eine tickende Zeitbombe. Er könnte einen Deal mit der Versicherung machen. Sie bezahlen ihn für unser falsches Zeug und kriegen uns dann für Betrug dran, womöglich sperren sie uns den Laden zu und wir landen im Kittchen.«

»Vielleicht hast du recht. Also hör zu, wir können ihr Geld sowieso nicht nehmen, im Moment jedenfalls nicht, das muss warten. Aber wir müssen den Typen finden, der Dempsey erschossen und unser Zeug geklaut hat. Einer unserer Leute muss ihm einen Tipp gegeben haben, dass um drei Uhr …«

»Es könnte auch der *Bulova*-Vertreter gewesen sein …«

»Die Polente sagt, sie werden ihm ordentlich auf den Zahn fühlen.«

Als ich das hörte, erschrak ich. »Sie werden ihm auf den Zahn fühlen!«, wiederholte ich. Augie presste mir die Hand vor den Mund.

»Psssst«, zischte er.

Immer mehr Leute kamen rein, es wurde richtig voll bei *Pete's*.

»Aber Joel«, sagte Justin, »wir brauchen das Geld von der Versicherung.«

»Ich weiß.«

»Wir haben es ihm versprochen.«

»Ich weiß.«

»Wer weiß, was er sonst mit uns macht.«

»Wir müssen Zeit schinden und hoffen, dass es gut geht.«

»Das übernimmst du. Wenn ich versuche, mit ihm zu verhandeln, kann es nur schiefgehen.«

»Vielleicht könnten wir einfach das ganze echte Zeug für eine bestimmte Summe verkaufen, ihn auszahlen und damit ist die Sache dann erledigt.«

»Und womit wollen wir dann unser Geschäft weiter betreiben? Und nicht dafür im Kittchen landen, dass wir Strass für Diamanten ausgegeben haben?«

An der Bar klingelte das Telefon. »Ist für Sie, Mr Joel«, sagte der Barkeeper und reichte ihm den Hörer. Joel hielt ihn sich ans Ohr und hängte dann ein.

»Wir müssen zurück«, sagte er zu Justin. Eilig zahlten sie und gingen.

Ich fragte Augie, was es seiner Meinung nach bedeutete, »jemandem auf den Zahn zu fühlen«.

»Was sie eben so machen – grelles Licht, eine Million Fragen, kein Schlaf – wie man es in Filmen immer sieht.«

»Manchmal schlagen sie auch zu, oder?«

»Aaron, du kannst dich jetzt total verrückt damit machen, was sie womöglich mit ihm anstellen. Aber wenn du deinem Pop wirklich helfen willst, dann sollten wir unseren Gehirnschmalz anstrengen und über das nachdenken, was wir gerade gehört haben.«

Er hatte natürlich recht, nur befand sich mein Gehirn leider in keinem guten Zustand. »Okay«, sagte ich trotzdem und versuchte, mich zusammenzureißen. »Anscheinend brauchen die Brüder Geld, um jemanden zu bezahlen, der es ihnen nicht ganz leicht macht. Deshalb haben sie die teuren Sachen aus der Vitrine genommen und jemanden angeheuert, der sie ausraubt, aber in Wahrheit nur Fälschungen mitnimmt. Und von der Versicherung wollten sie dann das Geld kassieren, als hätte er den echten Schmuck genommen.«

»Genau. Aber jemand ist ihrem Mann zuvorgekommen und hat sich die Fälschungen geschnappt, ohne zu wissen, dass er nicht das echte Zeug klaut. Wer auch immer das war – er wusste, dass dein Pop um drei Uhr kommen und ihm die Tür geöffnet würde.«

»Dann erschießt dieser Kerl Dempsey, weil der die Pistole auf ihn richtet, während er den Schmuck einsackt. Und schließlich haut er mit dem falschen Zeug ab, glaubt aber, er hätte das große Los gezogen.«

»Darum haben die Brüder jetzt Angst, dass er zur Versicherung geht und denen steckt, dass die Sachen gefälscht sind. Unter der Bedingung, dass sie der Polizei nichts von ihm erzählen, damit die ihn nicht für den Mord an Dempsey rankriegt. Klingt, als wenn du da gerade in eine böse Sache reingerätst.«

Ja, er hatte recht, eine böse Sache, aber mein Vater steckte auch mitten in einer bösen Sache und ich war der Einzige hier draußen, der ihm mit meinem Detektivieren vielleicht helfen konnte.

Zwanzigstes Ereignis

An der Eads Bridge galt eine Art Ehrenkodex, wie man es wahrscheinlich nennen könne: nicht bei anderen rumzulungern, wenn sie gerade kochten. Darauf zu spekulieren, etwas abzubekommen, das durfte man einfach nicht. Ich hatte gehört, dass es Leute gab, die einen aus der Siedlung werfen konnten, auch wenn man einen anerkannten Verschlag hatte. Da ich wusste, dass Ella und ihre Mom zu der Zeit das Abendessen vorbereiteten, ging ich deshalb nach meiner Rückkehr in die Hooverville direkt zu meiner Hängematte. Obwohl Mrs McShane mir versichert hatte, ich könne jederzeit vorbeikommen, für mich hätten sie immer noch etwas übrig.

Aber ich hatte schon einen Teller Spaghetti bei *Gino's* in Dago Hill gegessen, für fünf Cent mit Tomatensoße, sechs Cent mit geriebenem Käse darauf. Ich bin sehr für Spaghetti zu haben, weil sie den Bauch so gut füllen.

Auf dem Weg zu meiner Hängematte hatte ich mir am Waschplatz schon die Zähne geputzt und das Gesicht gewaschen. Ich zog mir die Schuhe aus und machte es mir bequem. Ella hatte ich nicht gesehen, aber aus der Richtung ihres Zeltverschlags kam handgekurbelte Musik und die Kerosinlampe brannte. Es war eine besonders heiße Nacht in St. Louis und die Schnüre der Hängematte brannten sich in meinen Rücken. Zum Glück ließen mich wenigstens die Moskitos in Ruhe.

Während ich dort lag und durch die Hitze in die Sterne guckte, dachte ich darüber nach, was die J-Brüder bei *Pete's* gesagt hatten und wie wenig ich wirklich daran ändern konnte. Ich dachte an Captain Arnold und dass er vielleicht tot war, zuvor aber seine Hängematte in sein Testament aufgenommen hatte und jemand kommen könnte und sie haben wollte. Ich versuchte, auf keinen Fall an meinen Vater oder meine Mutter zu denken, die beide gerade leiden mussten, weil mich das runterzog und ich dann wieder hellwach war. Deshalb hatte ich beschlossen, das ganze deprimierende Zeug nicht zuzulassen und mich zum Einschlafen an ein paar schöne Dinge zu erinnern. Wie das Meisterschaftsspiel, das unsere Schule gewonnen hatte und in dem ich der *Pitcher* gewesen war und es geschafft hatte, dass die anderen keinen Punkt gekriegt hatten, weil ich so dicht an sie rangeworfen hatte, dass sie Angst gehabt hatten, getroffen zu werden. Und ein paarmal traf ich sie dann auch tatsächlich an Schultern und am Hintern, damit sie mich weiter fürchteten.

Unsere Schule hatte noch nie eine Meisterschaft gewonnen, aber beim letzten *Inning* – alle *Bases* waren besetzt, zwei *Outs*, wir lagen mit nur einem *Run* vorn – hatte ich ihren besten *Batter* mit einem famosen Wurf rausgehauen. Er holte mächtig aus, traf aber nicht und mein ganzes Team kam juchzend angelaufen. Sie hoben mich auf ihre Schultern und trugen mich um ihre Eltern herum und von der Tribüne kamen noch mehr, die mir zujubelten. Ein wahrlich erhebendes Gefühl für ein Kind, das in einem schäbigen Hotel in einem Einzimmerapartment lebte.

Dabei fiel mir noch was ein, was meine Laune hob, nämlich meine Englischlehrerin Hilda Levy. Sofort sah ich ihr freundliches Gesicht mit dem fluffigen weißen Haar vor mir und hörte ihre klare Stimme, mit der sie über Bücher und Schriftsteller redete und darüber, warum Rechtschreibung wichtig war, und über die Macht von Wörtern. Sie mochte meine Aufsätze. Und ich ihre Komplimente. Sie ermutigte mich, das Wörterbuchspiel zu spielen. Dazu musste man das Wörterbuch jeden Tag auf irgendeiner Seite aufschlagen, ein Wort suchen, das man nicht kannte, und es lernen. Es war wundervoll, wie sie uns Shakespeare und Latein nahebrachte. Und es war wohl so, dass sie mich mochte, mich als Mensch. Ein paar Tage vor den Sommerferien kam Mr Stellwagon, der Direktor, in unsere Klasse und überbrachte uns die traurige Nachricht, dass sie plötzlich verstorben war, was den dunklen Krisentag noch dunkler hatte werden lassen.

Der Gedanke, dass Hilda Levy nicht mehr da war, machte eine schöne Erinnerung zu etwas, was mich runterzog. Deshalb begann ich, in meinem Kopf nach etwas zu kramen, was meine Laune wieder hob und mir beim Einschlafen half. Ich dachte daran, wie ich angefangen hatte, Geige zu lernen, mit der Geige aus der Schule, weil ich keine eigene hatte, weshalb ich auch nur in der Schule üben konnte. Aber es fiel mir leicht, die Töne auf der Geige zu treffen, und ich wurde ins Schulorchester aufgenommen. Als wir einmal für die Eltern vorspielten, gab mir Mr Mathis, unser Geschichtslehrer, der uns auch dirigierte, ein Solostück, was eine große Ehre war. Aber als ich aufstand, mir die Geige unters Kinn schob und gerade den Bogen über die Saiten ziehen wollte, rissen zwei auf Höhe vom Steg und ich bekam sie voll ins Gesicht, sodass mir nichts anderes übrig blieb, als mich wieder hinzusetzen, ohne eine einzige Note gespielt zu haben. Nicht lange danach wurde der Musikinstrumentenunterricht wegen der Krise gestrichen. Die Erinnerung an das Geigespielen hatte meine Laune gehoben, aber dass ich die Saiten ins Gesicht gekriegt hatte, war so demütigend gewesen, dass sie gleich wieder sank. Mir fiel auch das Erlebnis bei dem mexikanischen Zahnarzt wieder ein, den man in der Lobby des Hotels hatte arbeiten lassen. Ich hatte starke Zahnschmerzen gehabt und mein Vater ging mit mir zu ihm. Die Ecke war schmuddelig und hätte dringend mal ordentlich geputzt und gewienert gehört. Der Zahnarzt stocherte in meinem Mund herum und meinte dann, mein rechter unterer Backenzahn sei entzündet und man müsse entweder bohren und den Zahn füllen oder ihn gleich ziehen.

»Wie viel?«, fragte mein Vater.

»50 Cent für die Füllung und 25 fürs Ziehen.«

»Ziehen«, sagte mein Vater daraufhin und sparte uns damit 25 Cent.

»Wird aber nicht nachwachsen«, sagte der Zahnarzt noch.

»Er kann auch auf der anderen Seite kauen.«

Darum habe ich jetzt eine Lücke in der unteren Backenzahnreihe, mit der sich meine Zungenspitze noch immer nicht anfreunden kann.

Rutscht mir doch alle den Buckel runter, schimpfte ich in mich hinein, ich lass mich nicht mehr runterziehen! Warum bleibt all das Schlechte hängen und das Schöne nicht? Genauso wie sie im Radio und in der Zeitung nur von den schlechten Dingen berichteten, von Morden, Taifunen und betrügerischen Senatoren, aber von fast nichts Gutem. Weil wir gern von Pech und Elend hörten und über Dinge, die geschehen, auch wenn sie nicht geschehen sollten. So wie es keine große Sache war, wenn Babe Ruth einen x-beliebigen *Home Run* schlug. Aber wenn er es beim neunten *Inning* tat, zwei *Outs*, alle *Bases* besetzt, und ihm dann dieser famose Wurf gelang – Schlagzeilen!

Und plötzlich war da noch etwas, was meine Laune hob und mich zum Träumen brachte. Vor einigen Jahren, als meine Mom noch bei *Bell Telephone* gearbeitet hatte und bevor sie gefeuert wurde, waren wir drei bei einer Silvestershow im *Kingshighway*-Kino, die von 19 Uhr bis Mitternacht dauerte. Da sangen alle gemeinsam »Auld Lang Syne«. Das *Kingshighway* war früher ein Varietétheater mit Bühne und Orchestergraben gewesen, sodass sie dort solche besonderen Shows mit unterschiedlichen Teilen veranstalten konnten, mit Nachrichten aus aller Welt, Kurzfilmen, Mickey-Mouse-Cartoons und einem Orchester, Tänzern und Sängern. Und dann gab es auch noch ein Lied, bei dem der Text auf der Leinwand gezeigt wurde, damit das Publikum mitsingen konnte. Das *Kingshighway* kostete 20 Cent mehr als das T*ivoli* und wurde im Sommer am Rand vom Saal mit großen Eisblöcken gekühlt, hinter denen Ventilatoren standen und die Luft in Richtung der Zuschauer wirbelten. Ich glaube nicht, dass es viel brachte, aber es war besser als das *Tivoli*, das im Sommer auf den Parkplatz vor dem Kino umzog und bloß Ventilatoren auf die Zuschauer richtete.

An diesem Silvesterabend jedenfalls hatte meine Mom Kartoffelsalat und Sandwiches mit Hackbraten gemacht, dazu gab es saure Gurken und Brezeln und am Büffet haben wir uns noch eine Cola gekauft, die wir uns geteilt haben. Die Filme, die gezeigt wurden, waren Fred Astaire und Ginger Rogers in *Scheidung auf amerikanisch* und Marie Dressler und Wallace Beery in *Die Hafen-Annie*, beides Lieblingsfilme von mir. Die Band spielte Songs aus der Hitparade und ein Mädchen namens Tapioca

Tilly steppte über die Bühne. Das Lied zum Mitsingen war »On the Sunny Side of the Street«, und ich war überrascht, was für eine famose Stimme mein Vater hatte. Er war ein ernster Mann, der sich viele Gedanken machte, und Singen passte eigentlich nicht zu ihm. Doch der Abend hatte ihn aus seinem Trübsinn geholt und sein »Sunny Side of the Street« übertönte alle anderen im Saal.

Es war das letzte Mal, dass wir als Familie etwas gemeinsam unternommen hatten.

Einundzwanzigstes Ereignis

Als *J & J* um sechs Uhr schloss, verließ Sol Greenblatt das Geschäft und nahm die Tram Nummer zwei in Richtung Fluss. Ich blieb ihm dicht auf den Fersen, aber nicht so dicht, dass er mich sehen konnte. Mich überraschte, wie groß und dünn er war und wie sehr ihm die Kleidung am Körper schlotterte. So ähnlich hatte ich mir Ichabod Crane vorgestellt, als wir die Geschichte von Washington Irving in der Schule gelesen hatten. Mir gefiel der Name Ichabod tatsächlich so gut, dass ich meinen Vater damit genervt hatte, meinen Namen ändern zu lassen. Aber als er erfuhr, dass er dafür Formulare ausfüllen und im Rathaus eine Gebühr zahlen musste, war die Sache wieder vom Tisch. Wenn Sol Greenblatt mit seiner Lupe im Auge über eine Uhr gebeugt in dem engen Glaskasten saß, sah er viel kleiner aus und ganz und gar nicht wie der lange Kerl, der nun an der Haltestelle Bellevue ausstieg. Genau wie ich.

Ich war noch nie hier unten am Mississippi gewesen, wo es viele Saloons und verfallene Häuser gab, die aussahen, als würde niemand mehr darin leben, was aber nicht so war. In einigen Saloons gab es Musik und Tanz und man roch gebratenen Fisch. Zwar gab es Straßenlaternen, aber die meisten waren kaputt, und als es dunkel wurde, konnte man kaum noch erkennen, wo man hintrat. Auf dem Fluss waren Kähne und Passagierschiffe unterwegs.

Sol Greenblatt kannte sich aus und eilte entschlossen durch die Straßen. Ich versuchte, mir den Weg zu merken, damit ich wieder zurückfinden würde. Irgendwann blieb er vor einem Saloon stehen, über dem *Marcy's* stand, ging aber nicht rein. Stattdessen zog er einen Schlüssel aus der Tasche und schloss eine Tür neben dem Eingang auf. Kurze Zeit später ging in einem Fenster über dem Saloon das Licht an. Sol nahm den Hut ab und zog das Sakko aus und ersetzte beides durch eine Kappe und eine schwarze Jacke. Dann nahm er ein Kuvert aus dem Sakko und schob es in die Innentasche der Jacke. Danach machte er das Licht aus und trat wieder auf die Straße. Ich versteckte mich hinter einem Baum, damit er mich nicht sehen konnte.

Er ging nach rechts und an mehreren Bars vorbei. Ich folgte ihm, bis er eine dunkle Kaschemme namens *Finally* betrat. Straßenlaternen gab es hier nicht. Es war stockdunkel, kein Mond und kein Stern war zu sehen. Ich fand eine kleine, dreibeinige Bank, von der aus ich ins *Finally* gucken konnte. Sol umarmte eine hübsche Frau hinter dem Tresen. Es sah aus, als würde hier mehr als nur Bier angeboten. Sie schenkte ihm einen Drink ein, als plötzlich über einem der Tische helles Licht aufleuchtete. Mehrere Männer an der Bar nahmen ihre Drinks und gingen damit zu dem Tisch. Sol auch. Die hübsche Bardame kam mit Pokerchips und gab jedem der Männer einen gleich hohen Turm.

Sie begannen, die Karten zu legen und die Chips zu setzen. Nach welchen Regeln sie spielten, konnte ich nicht genau erkennen. Sol war sehr ruhig und blickte nie auf seine eigenen Karten wie die anderen Männer. Trotzdem sammelte er die meisten Chips, die sich vor ihm stapelten. Während er mal wieder welche einkassierte, griff er so schnell, dass ich es fast nicht bemerkt hätte, in seine Jacke und steckte dem Mann rechts von sich das Kuvert zu, der es in seine Tasche schob, ohne es anzusehen. Sie hörten auf, zu spielen, und holten sich neue Drinks, als Sol auf einmal neben mir stand. Ich erschrak.

»Wie geht's?«, fragte er.

Ich war unfähig, auch nur irgendetwas zu sagen. Ich hatte überhaupt nicht mitbekommen, wie er aus der Taverne und zu der Bank gekommen war.

»Wie heißt du?«

Langsam erholte ich mich, aber mein Herz hämmerte noch immer wie verrückt.

»Wie heißt du?«, fragte er noch einmal.

»Ichabod«, stieß ich hervor.

»Du bist neulich mit dem Zeitungsjungen im Laden gewesen.« Er hatte einen leichten Akzent, den ich aber nicht einordnen konnte.

»Ja, Sir.«

»Und bist mir heute in der Tram gefolgt.«

»Ja, Sir.«

»Bis zu *Marcy's*.«

»Ja, Sir.«

»Warum?«

Mir war schon während der »Ja-Sirs« klar gewesen, dass dieses »Warum« kommen würde.

»Weil ich über die Schießerei bei *J & J* schreibe, das ist mein Sommerferienprojekt für Englisch.«

»Glaubst du, dass du den Fall lösen wirst?«

»Nein, sicher nicht, ich bin doch erst zwölf.«

»Und für deine Eltern ist es in Ordnung, wenn du dich hier unten rumtreibst?«

»Sie mussten wegen eines Notfalls weg.«

»Und du bist jetzt ganz allein?«

»Nein, bei Freunden.«

»Was für Freunden?«

»Den Hangmattens.«

»Holen sie dich ab?«

»Nein, ich habe einen Schülerfahrschein für die Tram.«

»Nun gut, hier bin ich – frag mich, was du wissen willst.«

»Sie sind ein ziemlich guter Kartenspieler. Wenn Sie so viel Geld damit verdienen, warum müssen Sie dann überhaupt arbeiten?«

»Wir spielen nicht um Geld, wir sind alle pleite, wir spielen nur um die Chips und derjenige, der am Ende die meisten hat, dem müssen die anderen das Abendessen bezahlen. Früher hatten wir alle Schmuckgeschäfte und waren große Konkurrenten, aber die Krise hat uns in den Ruin getrieben und jetzt bilden wir eine Art Club der jämmerlichen Juweliere.«

»Und wie kann es sein, dass die J-Brüder ihr Geschäft weiter betreiben können und Sie nicht?«

»Das fragst du sie lieber selbst. Aber ich warne dich, sie beantworten nicht gern Fragen.«

»Bei der Schießerei waren sie nicht da?«

»Korrekt, keiner von beiden. Das ist etwas, was du in deine Geschichte schreiben kannst – hab ich davor noch nie erlebt, dass keiner der beiden im Laden war. Vielleicht magst du dich auch mal mit Grace unterhalten, die immer so heiter und fröhlich ist. Und mit der schönen Bonnie Porter, die regelmäßig in der Zeitung ist, wenn sie mit Roy Delray zum Pferderennen geht. Den kennt man aus dem Radio und er spielt auch im *Muny*. Sie sind verheiratet. Ich sage dir, bei *J & J* ist was nicht ganz koscher, und wenn du das alles aufschreibst, gibt dein Lehrer dir dafür vielleicht eine sehr gute Note.«

Ich bat ihn, mir noch einmal genau zu erzählen, was bei der Schießerei passiert war, und nahm Buch und Stift aus der Tasche, um mir alles zu notieren, damit es so aussah, als würde ich wie ein fleißiges Eichhörnchen Material für meine gute Note sammeln.

»Na ja, der *Bulova*-Mann erschien um drei Uhr an der Tür«, begann er, »und Dempsey ließ ihn rein. Seit der Krise werden Juweliere so oft überfallen, dass die Geschäfte jetzt immer verschlossen sind und mit einem Summer geöffnet werden, wenn jemand reinwill. Die Angestellten müssen deshalb wissen, für wann Termine ausgemacht sind. Der *Bulova*-Mann kommt also mit seinem Uhrenkoffer rein und mit ihm so ein fetter Kerl mit Rauschebart im Overall und mit Tenniskappe auf dem Kopf, der sofort einen Revolver aus der Tasche seines Overalls zieht und sagt: ›Keiner bewegt sich und die Hände so halten, dass ich sie sehen kann, nicht hoch, sondern vor euch.‹«

»Was macht der *Bulova*-Mann?«

»Nichts. Der Fette geht schnurstracks zur ersten Vitrine, schlägt mit dem Griff seiner Waffe das Schloss ab, zieht einen Stoffbeutel aus der Tasche und sagt zu dem *Bulova*-Kerl, dass er ihn aufhalten soll, während er selbst die Sachen aus der Vitrine in seinen Beutel schaufelt.«

»Was genau hat er zu *Bulova* gesagt? Hat er ihn mit Namen angesprochen?«

»Nee, nur: ›Halt das auf!‹ Dann schließt der Fette den Beutel und will gerade gehen, als Dempsey schießt, aber nicht trifft, sondern die Schaufensterscheibe sprengt. Der Fette wirbelt herum, schießt ebenfalls und ich ducke mich hinter den Tresen und habe nichts mehr gesehen, bis die Polizei kam. Hast du das alles notiert?«

»Auf jeden Fall. Haben Sie den *Bulova*-Mann danach noch mal gesehen?«

»Nein. Die Polizei hat ihn mitgenommen.« Mr Greenblatt erhob sich und blickte zu mir runter. »Du siehst aus, als könntest du was zu essen vertragen.«

»Ach, Sir, es geht schon. Wirklich.«

»Nun komm.«

Er nahm mich mit in die Taverne und stellte mich der schönen Bardame vor.

»Rosemary, das ist Ichabod. Er braucht einen saftigen Hamburger mit Pommes, geht auf mich.« Er ließ mich bei Rosemary und kehrte zum Kartentisch zurück.

Rosemary hatte leuchtend blaue Augen und Grübchen, wenn sie mich anlächelte. Sie legte einen großen, runden Hackfleischfladen auf den Grill.

»Wie hättest du ihn denn gern, Ichabod? Medium?«

»Ja bitte.«

»Ketchup?«

»Ja bitte.«

»Saure Gurke?«

»Ja bitte.«

»Zwiebeln?«

»Ja bitte.«

»Soße?«

»Ja bitte.«

»Senf?«

»Ja bitte.«

»Pommes?«

»Ja bitte.«

»Käse?«

»Ja bitte.«

»Tomate?«

»Ja bitte.«

Sie servierte den Hamburger am Tresen und etwas Verlockenderes hatte ich noch nie gesehen. Rosemary schenkte sich selbst einen Drink ein und begann, sich mit mir zu unterhalten, während ich den dicken Burger und die fantastischen Pommes verschlang. Das Kartenspiel war inzwischen beendet und Sol kam wieder an den Tresen und setzte sich neben mich.

»Du willst also mit allen sprechen, die bei *J & J* arbeiten?«

»Ja, Sir.«

»Willst du ihre Adressen?«

»Oh, ja gern, Sir.«

»Aber sei vorsichtig. Damit bringst du dich womöglich in Schwierigkeiten.«

»Ich hoffe nicht.«

Er schrieb mir die Adressen auf.

»Glauben Sie, einer von ihnen hat dem Drei-Uhr-Täter einen Tipp gegeben?«

»Bestimmt.«

»Und wer?«

»Könnte jeder gewesen sein. Findest du den Weg zurück zur Tramhaltestelle?«

»Klar doch.«

Er schüttelte mir die Hand und ich bedankte mich bei ihm für den Burger und dass ich ihm Fragen stellen durfte. Rosemary umarmte mich fest und küsste mich auf beide Wangen, obwohl ich nach Zwiebeln stank.

Zweiundzwanzigstes Ereignis

Als ich in die Siedlung zurückkehrte, fand ich an meiner Hängematte eine Nachricht von Ella, die mich für den nächsten Abend zum Essen einlud. Sie schrieb, ihre Mutter würde Chili con Carne machen, eine meiner Leibspeisen.

Mit dem Wasser aus der Flasche, die ich unter alten Zeitungen versteckt hatte, putzte ich mir die Zähne, kickte die *Keds* von den Füßen und schwang mich in die Hängematte. Ich fühlte mich niedergeschlagen. Beim Detektivieren war ich eine Niete. Sol Greenblatt hatte mich voll durchschaut. Er hatte sofort gemerkt, dass ich ihn verfolgt hatte, und obwohl ich ihm so viele blöde Fragen gestellt hatte, war nichts dabei rausgekommen. Ich hatte nicht einmal etwas über Sol selbst herausgefunden, auch er konnte der Drei-Uhr-Maulwurf sein, den ich suchte. Gebracht hatte es mir nur, dass ich nun wusste, er spielte Karten, und dass ich in den Genuss von Rosemarys köstlichem Hamburger gekommen war.

Nun musste ich also dringend bei den drei anderen Leuten im Geschäft detektivieren und irgendwas rausfinden, was mich zu dem Mörder führte – was ungefähr so leicht war, wie unter Wasser von hier nach New Orleans zu schwimmen. Aber als ich schon dabei war, einzudösen, erinnerte ich mich an etwas, was Hilda Levy mal über die wunderbaren Bücher gesagt hatte, die wir bei ihr lasen. Glasklar konnte ich ihre Stimme in meinem Kopf hören: »Aaron, wenn dir alles grau und trist erscheint, kannst du dich immer damit aufmuntern, dass das Unerwartete dich jederzeit erwarten kann.«

Am nächsten Tag kam ich zu dem Schluss, das Beste, was ich beim Warten auf das Unerwartete tun konnte, war, mich in der Umgebung von *J & J* rumzutreiben und zu beobachten, wer dort ein- und ausging. Augie gab mir einige Zeitungen, die ich mir unter den Arm schob, damit ich in der Menge nicht auffiel. Verkaufte ich tatsächlich eine Zeitung, gab ich das Geld natürlich ihm. Ich sah die bekannten Leute von *J & J* – Grace, Matt und Bonnie – ihre Arbeit machen, also Schmuck präsentieren, während Sol Greenblatt über seinem Uhrentisch hockte. Ich glaubte nicht, dass er mich bemerkte, falls doch, zeigte er es jedenfalls nicht.

Und dann, Augie war gerade zu *Scruggs* reingegangen, um die Toilette zu benutzen, und ich allein an der Ecke zurückgeblieben, brach – KAZOOM! – das Unerwartete über mich herein. Ich pries auf dem Gehsteig die *Post-Dispatch* an, als ein schmucker Reo mit dunklen Scheiben direkt vor mir stehen blieb, die hintere Tür aufging und jemand aus dem Wagen in den Rinnstein gestoßen wurde. Kaum war die Tür wieder zu, sauste der Reo davon.

Ich hätte mich nicht gewundert, wenn der Kerl am Boden tot gewesen wäre, aber dann hob er den Arm in meine Richtung und sagte: »He, Kleiner, hilf mir mal auf.« Ich legte meine Zeitungen ab, griff nach seiner Hand und zog ihn hoch. Er hatte Blut im Gesicht, besonders um die Nase, und sein Anzug hatte Risse, aber mit meiner Unterstützung konnte er aufstehen. Da sah ich, dass er einer der J-Brüder war: Justin, der kleinere und dünnere von den beiden. Auch auf seinem Halsbinder waren Blutflecken. Er hielt meinen Arm sehr fest.

»Ich muss zu *Pete's*«, sagte er.

Ich sah Augie von *Scruggs* wiederkommen und gab ihm ein Zeichen. Auf der Straße war viel los, aber niemand achtete auf uns, als wäre jemand, der sich kaum auf den Beinen halten konnte und blutete, nichts Besonderes.

Ohne Fragen zu stellen, nahm Augie Justins anderen Arm und wir stützten ihn auf dem Weg zu *Pete's*. Dort wollte er an der Bar und den vorderen Tischen vorbei in den Restaurantbereich, in dem ungefähr ein Dutzend Tische mit karierten Tischdecken standen, die meisten davon besetzt. Eine Schwingtür führte in die Küche und dann gab es noch eine verschlossene Tür, vor der ein Mann saß. Darauf lenkte Justin uns zu, und sobald der Mann ihn sah, öffnete er die verschlossene Tür, nahm ihn am Arm und führte ihn hinein. Die Tür schloss sich hinter ihnen.

Auf dem Weg zurück zu den Zeitungen erzählte ich Augie von dem schwarzen Reo und wie Justin in den Rinnstein gekippt worden war.

»Was ist hinter dieser Tür?«, fragte ich Augie.

»*Pete's Flüsterkneipe*. Da lungern all die Schleichhändler rum. Und reiche Typen mit dicken Autos und flotten Mädchen.«

»Und was macht Justin da?«

»Da gehen alle möglichen Leute hin. Angeblich gibt's da den besten Stoff der Stadt.«

»Und die Polizei schert sich nicht darum?«

Augie lachte. »Du kriegst nicht besonders viel mit, stimmt's? Die Tage der Flüsterkneipen sind gezählt, das Gesetz ist aufgehoben.«

Augie hatte recht. Ich kriegte wirklich nicht viel mit. Von Flüsterkneipen hatte ich zwar schon mal gehört, wusste aber nicht so richtig, was das war. Und mit den Schleichhändlern war es genauso. Was für ein Detektiv war ich eigentlich, wenn ich nicht einmal das wusste?

Wir waren wieder an Augies Ecke und er sammelte die Münzen ein, die auf dem Zeitungsstapel zurückgelassen worden waren. Selbst in schweren Zeiten wie diesen zahlten die Leute ihre fünf Cent für die Zeitung, auch wenn sie es nicht mussten.

Ich ging wieder zu der Stelle, an der ich gestanden hatte, als Justin in den Rinnstein gekippt worden war. Irgendetwas zog mich dorthin zurück. Ein Gefühl, das mich manchmal überkam und mich an bestimmte Orte gehen oder bestimmte Dinge machen ließ. Ich vermutete, es hatte damit zu tun, dass wir so oft umgezogen waren. Ich hatte mal etwas über Nomaden und Nichtsesshafte gelesen und glaubte, dass ich auch so was in mir hatte. Wie war es sonst zu erklären, dass ich zu der Stelle zurückging, wo Justin gelandet war und ich ihm aufgeholfen hatte? Dort im Rinnstein lag unter abgekauten Zigarrenstummeln und Bonbonpapieren eine Brieftasche, eine volle Brieftasche. Ich stürzte mich nicht darauf – zu viele Leute hätten mich dabei beobachten können. Wie der Kerl, der auf der anderen Straßenseite hinter seinem Fünf-Cent-Apfel-Schild hockte. Stattdessen setzte ich mich auf den Bordstein und fischte langsam, ohne hinzusehen, im Glibber des Rinnsteins, bis ich die Brieftasche zu fassen bekam, und steckte sie ein. Ein Auto hupte mich an – jemand wollte dort parken, wo ich saß.

Als ich zu Augie sagte, dass ich ihn unter vier Augen sprechen musste, meinte er, ich solle ihm in das kleine Kabuff vom Eckkiosk folgen, in dem er seine Zeitungen lagerte. Dort war gerade genug Platz, dass wir beide uns neben dem Stapel *Post-Dispatches* auf den Boden setzen konnten. Ich legte Justins Brieftasche oben auf den Stapel. Von außen war sie voller Rinnsteinglibber, aber von innen war alles in gutem Zustand. Es war so eine Brieftasche mit einzelnen Fächern und Druckknöpfen. In dem ersten Fach, das wir öffneten, waren Karten mit seinem Namen darauf, demnach war er Mitglied bei den Kolumbusrittern, den Freimaurern und der Heilsarmee.

Das nächste Fach wölbte sich vor Geldscheinen, die meisten davon Fünfziger. Ich hatte noch nie mehr als Zwanzigerscheine gesehen und davon auch nicht viele. Ich hatte nicht mal gewusst, dass es Fünfzigdollarscheine überhaupt gab. Augie sprang auf und vollführte eine Art Freudentanz.

»O Mann, o Mannomann!«, sagte er und blätterte leise die Scheine durch. »Wir sind reich, Aaron, wir sind reich!«

Ich zog ihn am Hemd wieder runter. »Wie meinst du das, wir sind reich?«

»Wir zählen es zusammen, machen fifty-fifty und schmeißen die Brieftasche dann weg. Guck dir doch an, wie viele Fünfziger und Zwanziger das sind!«

»Das ist nicht unser Geld.«

»Du meinst, wir sollen es ihm wiedergeben?«

»Aber ja.«

»Hast du je von dem Gesetz gehört, dass man behalten darf, was man findet?«

»Das gilt nur, wenn man nicht weiß, wem es gehört.«

»Ihm wird es nicht sonderlich wehtun und wir können davon leben.«

»Vielleicht gibt er uns eine Belohnung – davon kannst du auch leben.«

»Du Feigling. Du hast echt keine Ahnung, wie die Dinge laufen, oder?«

»Vielleicht nicht, aber ich weiß, wann man ehrlich sein muss und wann nicht. Wenn es um lebenswichtige Medizin geht, bin ich sicher kein Chorknabe, aber *stehlen* …«

Augie teilte das Geld und steckte sich die Hälfte in die Tasche. »Nenn es, wie du willst. Du kannst deinen Teil ja wieder in die Brieftasche tun und ihm zeigen, was für ein lieber Junge du bist. Solange du sagst, dass du sie so gefunden hast.«

»Und wenn er mir nicht glaubt? Wenn er mir das Messer auf die Brust setzt, was dann?«

»Komm, werfen wir sie einfach in den Rinnstein zurück.«

»Ohne das Geld, das du genommen hast?«

»Jap. Ich bin mir sicher, er weiß nicht, wie viel …«

»Augie, hör zu, mein Vater ist sicher kein großer Denker und das, woran er glaubt, ist eher schlicht und einfach. Aber einer seiner Grundsätze ist, dass ehrlich am längsten währt.«

»Du lebst in einer verdreckten Armensiedlung und hast wie viel? Zehn Cent in der Tasche?«

»74.«

»Du weißt nicht, wo du deine nächste Mahlzeit hernehmen sollst.«

»Aber meine Seele ist rein.«

»Und was hat deine Seele damit zu tun?«

»Meine Seele ist, was mich ausmacht. Und ich will, dass sie rein bleibt. Ist das bei dir nicht so? Denkst du nie über deine Seele nach?«

Augie schloss die Augen und dachte wahrscheinlich über seine Seele nach. Eine ganze Weile tat er das.

»Die Seele ist das Einzige, was uns die Krise nicht nehmen kann, solange wir darauf aufpassen«, sagte ich. »Deshalb hänge ich an meiner Seele. Das erste Mal davon gehört habe ich, als ich in einem Film ein Kind gesehen habe, das im Schlafanzug auf dem Boden kniete, die Hände zum Gebet gefaltet, und etwas sagte wie: ›Jetzt lege ich mich schlafen und bete zu Gott, meine Seele möge rein bleiben. Aber sollte ich sterben, bevor ich aufwache, bete ich zu Gott, er möge meine Seele zu sich nehmen.‹ Dass ein sechsjähriges Kind im Schlaf sterben würde, hielt ich für ziemlich abwegig, aber das mit der Seele brachte mich zum Nachdenken. Ich habe mir überlegt, dass sie meine gute Seite ist. Sie kann mich antreiben, aber auch ein Gefühl der Leere hinterlassen. Jedenfalls würde ich meiner Seele für ein Bündel von Justins Fünfzigern niemals etwas antun.«

Schließlich öffnete Augie die Augen, holte das Geld hervor und schob es zurück in die Brieftasche.

Ich öffnete das nächste Fach in der Brieftasche, das voll mit Quittungen, Visitenkarten und so einem Zeug war, als Augie eine kleine weiße Karte hochhielt, auf der stand: »Catfish Dannemora«, und darunter eine Telefonnummer. Mit einer Büroklammer war noch eine andere Telefonnummer mit den Buchstaben G.A.T. dazugeheftet.

»Sieh mal einer an«, meinte er. »Was sagst du dazu?«

Fragend schaute ich ihn an. »Was soll damit sein?«

»Catfish – sagt dir Catfish nichts?«

»Nein. Was sollte mir das sagen?«

»Catfish Kuger?«

»Wer ist das?«

»So lange ist es doch noch gar nicht her, Mann. Die Kuger-Gang, das *Memorial-Day*-Massaker auf der Market Street?«

»Da steht aber ›Dannemora‹ – wer ist das?«

»O Mann! Das ist doch keine Person, das ist das Hochsicherheitsgefängnis in New York, wo ein Bundesrichter ihn lebenslang eingebuchtet hat, um ihn aus St. Louis fernzuhalten. Aber laut *Post-Dispatch* hat er seine Leute hier, die sich um seine Casinoboote und seine anderen Geschäfte kümmern.«

»Da steht eine Telefonnummer. Heißt das, er hat im Gefängnis ein eigenes Telefon?«

Augie lachte. »Nein, das ist wahrscheinlich die offizielle Nummer des Gefängnisses. Aber die andere Nummer, unter der ›G.A.T.‹ steht, die könnte uns vielleicht weiterbringen.«

»Versuchen wir's.«

»Warum gehen wir nicht erst mal zur *Post-Dispatch* und gucken nach, ob wir was dazu finden, anstatt da anzurufen?«

»Was sollten wir dort finden?«

»Bilder. Keine Ahnung, wen wir möglicherweise zu Gesicht kriegen.«

»Wegen G.A.T., meinst du?«

»Ja, genau.«

»Augie, du bringst Justin die Brieftasche zurück, vielleicht gibt er dir ja eine großzügige Belohnung. Wie hat meine Lehrerin gesagt: ›Das Unerwartete kann dich jederzeit erwarten.‹«

»Bestimmt wird er sagen: ›Behalt das Geld, ehrlich währt am längsten.‹«

Dreiundzwanzigstes Ereignis

Bei dem Chili hatte ich mich verlesen: Auf Ellas Nachricht hatte »Chili con Corny« und nicht »Carne« gestanden. Mais gab es in St. Louis im Gegensatz zu Fleisch auch in diesem Sommer zuhauf, gelben und weißen, die Felder waren voll davon. Die landwirtschaftliche Genossenschaft von St. Louis verteilte ihn sogar an Bedürftige, zu denen die meisten von uns zählten. Aber ihr sollt wissen, vor dem Verschlag der McShanes auf Kisten zu sitzen und ihr Chili aus Blechtellern zu essen war so gut wie das beste Chili con Carne. Ellas Mom war als Köchin unschlagbar, daran gab es nichts zu rütteln. Unfassbar, was sie aus einer Dose Bohnen, einer Zwiebel und Mais frisch vom Kolben zaubern konnte!

Danach gingen Ella und ich mit den Tellern zu dem großen Gemeinschaftsbecken, in das Wasser vom Mississippi gepumpt wurde. Dort gab es auch einen Hahn für Trinkwasser aus der städtischen Leitung. Und in der Nähe waren zwei Kabinen aufgebaut – auf einer stand »Männer«, auf der anderen »Frauen« –, wo man duschen konnte, nur Handtuch und Seife musste man selbst mitbringen. Ella hatte mir ein Handtuch und ein Stück Seife gegeben, die ich zusammen mit meiner Wasserflasche versteckte.

Später kurbelte sie noch ihr Grammofon an und wir saßen draußen auf den Kisten und hörten Louis Armstrong, während Mrs McShane im Licht der Kerosinlampe Briefe schrieb. Ella hatte ihr Haar zu einem Knoten auf dem Kopf zusammengebunden und trug ein Kleid anstatt wie sonst meist einen weiten Rock und sogar ein bisschen Lippenstift. Zum ersten Mal sah sie ein wenig wie eine Frau aus und nicht wie ein Mädchen. Ich wusste nach wie vor nicht, wie alt sie war, fünfzehn oder sechzehn vielleicht.

Ich fragte sie, was ich mir vorgenommen hatte, zu fragen – ob sie mir helfen würde, mit Bonnie Porter zu reden, die eine wahre Lady war, vornehme Kleidung trug und mit Verkäuferinnen wie denen von *Scruggs* nicht zu vergleichen war.

»Wenn ich so darüber nachdenke«, sagte ich, »sind bei *J & J* alle anders, als man im ersten Moment glaubt. Ich dachte, vielleicht tun wir so, als würdest du für den *Globe-Democrat* über das Verbrechen schreiben und deshalb mit allen sprechen, die dabei waren. Ich würde gern mitkommen, vielleicht als Fotograf, wenn deine Mom mir ihren Fotoapparat leiht. Muss ja kein Film drin sein, oder bin ich zu jung dafür?«

»Natürlich bist du das, aber du könntest mein Assistent sein und mir den Apparat reichen und so. Sie ist mit dem Schauspieler Roy Delray verheiratet, wahrscheinlich mag sie es also, wenn sie beachtet wird.«

»Der *Globe-Democrat* ist zwar nicht so wichtig wie die *Post-Dispatch*, aber ich stimme dir zu, schöne Menschen, die schöne Kleider tragen, lassen sich normalerweise gern fotografieren.«

Ella sagte, sie würde Bonnie am Morgen von dem Münztelefon an der Ecke anrufen und einen Termin für das Interview mit ihr ausmachen.

Ich bat sie, so erwachsen wie möglich auszusehen. »Die Haare, vielleicht ein Kleid von deiner Mom und eine Perlenkette, aber ohne Lippenstift.«

»Aaron, holla, mit Frauen kennst du dich wohl aus.«

Ich errötete.

Vierundzwanzigstes Ereignis

Als Augie gemeint hatte, wir sollten zum Archiv der *Post-Dispatch* gehen, um mehr über Catfish Kuger rauszufinden, hatte ich keine Vorstellung gehabt, was mich erwartete. Ich stellte mir aber ein unheimliches Kellergewölbe vor und war dann sehr erleichtert, dass es sich um einen hell erleuchteten Raum im Gebäude der *Post-Dispatch* mit langen Tischen und Stühlen und vielen Reihen Akten handelte, vor denen man Leitern auf Rollen hin und her schieben konnte, um auch an die Sachen ganz oben zu kommen.

Augie füllte für die Frau am Empfangstresen ein Formular aus und sie brachte dann die Catfish-Kuger-Akte zu dem Tisch, wo wir uns hingesetzt hatten. Der Ordner war randvoll mit Zeitungsausschnitten und Fotos. Wir lasen die ersten Artikel durch, in denen es darum ging, wie Catfish und seine Männer acht Mitglieder der Collazo-Gang aus Chicago umgenietet hatten, die

versucht hatten, ihnen das Leben schwer zu machen. Dann kamen viele Fotos. Augie hatte das Vergrößerungsglas seines Vaters mitgebracht, was sehr hilfreich war. Bei einem ziemlich scharfen Bild von Catfish entwich uns beiden ein überraschtes »Wow«. Wir sahen einen elegant gekleideten Mann mit einem schmalen Schnurrbart, der Matt J. Pringle untergehakt hatte, obwohl der Name, der unter dem Foto stand, nicht Pringle lautete, sondern Anthony Aravista. In dem Artikel daneben stand, er sei ein Anwalt, dem die Lizenz entzogen worden sei. Ich wusste nicht genau, was das bedeutete, nahm aber an, dass er gefeuert worden war. Sein Gesicht sah ein bisschen anders aus, wahrscheinlich hatte er irgendwas damit machen lassen, aber dass es Pringle war, stand fest. Auf der anderen Seite von Catfish war eine Frau, die seine Hand hielt. Auch sie kam mir irgendwie bekannt vor, aber ihr Gesicht war nur halb zu sehen und nicht scharf genug, um es genau zu erkennen.

»Was sagt uns das?«

»Dass Catfish eng mit *J & J* verbandelt ist«, antwortete ich. »Ella und ich sind mit Bonnie verabredet und vielleicht sollten wir beide uns mal mit Grace Dorso unterhalten.«

»Und bei dem Uhrenreparateur bist du dir sicher?«

»Natürlich nicht, wie sollte ich? Sicher bin ich mir nur dabei, dass mein armer Vater in etwas verwickelt wurde, was mit *Bulova*-Uhren nichts zu tun hat. Ich muss immer wieder daran denken, was die J-Brüder bei *Pete's* gesagt haben. Und dass Justin in den Rinnstein gekippt worden ist. Eins habe ich gelernt: mir keine feste Meinung über Leute und Dinge zu bilden, ehe ich sie wirklich gut kenne. Dinge, die du für wahr gehalten hast, können sich als Schein erweisen, und dahinter lauert womöglich eine tödliche Gefahr. So war es auch bei Sherlock Holmes – aber er konnte spüren, ob etwas gut oder böse war. Wenn er jetzt hier wäre, wüsste er wahrscheinlich längst, wer Dempsey getötet hat, und mein Pop wäre nicht mehr im Gefängnis. Ich muss genau so vorgehen, wie Sherlock es tun würde, aber das geht nur, solange ich mir Freda Muller vom Leib halte.«

Augie meinte, er würde Pringle übernehmen, ihm nachspionieren und versuchen, rauszufinden, welche Verbindung er zu Catfishs Leuten hatte. In den Zeitungsartikeln, die wir lasen, stand, dass Catfish die Hafenarbeiter am Mississippi, die Casinoboote und die Schutzgeldzahlungen noch immer kontrollierte. Weder Augie noch ich wussten, was »Schutzgeld« war, aber klar war uns, dass es nicht gut war, wenn er das alles tun konnte, während er eine lebenslange Haftstrafe im Gefängnis von Dannemora absaß.

Je länger ich darüber nachdachte, desto mehr befürchtete ich, es nicht zu schaffen, meinen Vater aus der Falle zu befreien, in der er saß. Dass es mir glingen würde, ihn mit meinen famosen Ermittlerfähigkeiten da rauszuholen, war in Wahrheit nichts anderes als das Geschwätz eines Kindes, das ein paar Bücher über Sherlock Holmes gelesen hatte. Bislang hatte ich höchstens ein bisschen Unruhe gestiftet, ohne wirklich was in der Hand zu haben. Und es war gut möglich, dass Catfishs Leute oder Freda Muller mich in der Hand hätten, bevor ich irgendjemanden dingfest würde machen können.

Als wir wieder auf der Straße standen, sagte ich zu Augie: »Würdest du mir bitte einen ordentlichen Tritt in den Hintern versetzen?«

»Was?«

»Ich bin gerade kurz davor, hinzuschmeißen, und brauche etwas, was mich aufrüttelt.«

»Du gibst deinen Pop auf?«

»Nein, mich selbst.«

»Du brauchst keinen Tritt in den Hintern. Du bist einfach hungrig, das ist alles. Höchste Zeit, dass wir die fette Belohnung aufteilen, die ich von Justin gekriegt habe, als ich ihm die Brieftasche zurückgab – ein Kopftätscheln und ein ›Danke, Kleiner‹, dazu einen ganzen Dollar. Komm schon, du brauchst keinen Tritt, du brauchst einen Hamburger.«

Beim nächsten *White-Castle*-Schnellrestaurant, an dem wir vorbeikamen, bestellten wir beide einen Hamburger mit allem und dazu eine *Nehi*-Limo. Traube. Das war das erste und einzige Mal, dass ich kurz davor war, aufzugeben.

Augie hob seine Limo und ich meine.

»*E pluribus unum*«, sagte er.

»Was?«

»*E pluribus unum.*«

»Was bedeutet das?«

»Ich weiß es nicht so genau. Mein Pop sagt das immer und es klingt gut. ›Gemeinsam sind wir stark‹ oder so was in die Richtung.«

»Okay. *E pluribus …*«

»*Unum.*«

Wir stießen mit unseren Limos an.

Fünfundzwanzigstes Ereignis

Ella wartete schon vor ihrem Verschlag, als ich kam, um sie für unser Treffen mit Bonnie Porter abzuholen. Im ersten Moment erkannte ich sie gar nicht, so wie sie sich als erwachsene Reporterin des *Globe* zurechtgemacht hatte. Sie sah wirklich überzeugend aus. Ella reichte mir den Fotoapparat ihrer Mutter, in dem kein Film war, weil ich ihn ohnehin nur halten und ihn ihr dann als ihr Assistent anreichen sollte. In einer Schultertasche hatte sie außerdem ein rotes Notizbuch und einen Stift dabei.

Bonnie lebte mit ihrem Mann, Roy Delray, in einem schmucken kleinen Haus an der Carondelet Avenue. Ella erzählte, als sie angerufen hatte, war Bonnie sofort sehr daran interessiert gewesen, vom *Globe* interviewt zu werden. Wie die meisten schönen Frauen freue es Bonnie, bemerkt zu werden, meinte Ella.

Als Bonnie uns die Tür öffnete, nachdem wir geklingelt hatten, empfing sie uns dann auch mit einem strahlenden Lächeln.

Auch sie hatte sich für das Gespräch schick zurechtgemacht. Ihr langes blondes Haar fiel in weichen Locken um ihr hübsches Gesicht und sie trug ein blaues Seidenkleid mit dazu passenden Schuhen.

Wir nahmen im Wohnzimmer vor dem Kamin Platz, über dem ein Ölgemälde von ihr hing, und auf dem Sims stand ein großes Foto von einem unheimlich aussehenden Verschleierten Propheten. Auf dem Flügel neben dem Kamin befanden sich noch viel mehr Fotos. Doch mein Blick blieb an einem weiteren Bild vom Verschleierten Propheten hängen, der mit glitzernden Dolchen und goldenen Pistolen bewaffnet war, die sich von seiner weiten, seidenen, bodenlangen Robe abhoben. Auf dem Kopf trug er eine konische, reich verzierte Haube und er hatte einen langen, schweren Schleier vor dem Gesicht, durch den man nicht hindurchsehen konnte. Er tanzte mit der bezaubernden Königin der Liebe und Schönheit, die Bonnie war. Sie sah, dass ich das Foto fasziniert betrachtete.

»Das war, als ich auf dem Ball zur Königin der Liebe und Schönheit gewählt wurde«, sagte sie. »In dem Jahr war ich Debütantin und der Verschleierte Prophet hat sich unter all den Debütantinnen ausgerechnet mich als seine Königin ausgesucht. Ich war in allen Zeitungen.«

»Wer war denn in dem Jahr der Verschleierte Prophet?«, fragte Ella und hielt Notizbuch und Stift bereit.

»Das weiß niemand. Von keinem der Verschleierten Propheten, die es seit den Anfängen in den 1870ern gab, ist der Name je bekannt geworden.«

»Heißt das, Sie wissen nicht, wer Sie auserwählt hat? Mit wem Sie getanzt haben?«, hakte Ella nach und machte sich Notizen.

»Ich habe keine Ahnung. Die Kostümierung des Verschleierten Propheten ist immer so aufwändig, dass ich, ja, mit meinem eigenen Vater hätte tanzen können, ohne es zu bemerken.«

Ich kannte die Tradition mit dem Verschleierten Propheten, der Königin und allem, was dazugehörte. Seit ich vier oder fünf Jahre alt war, war ich mit meiner Mutter immer beim Umzug des Verschleierten Propheten am Flussufer gewesen, wegen der bunten Wagen, der Blaskapellen und der Süßigkeiten, die den Kindern zugeworfen wurden. Außerdem machten sich immer einige Leute den Spaß, die aufgetakelten Menschen auf den Wagen mit Pusterohren zu beschießen.

Meine Mutter hatte mir erzählt, dass ein Herr aus den feinen Kreisen von St. Louis die Sache mit dem Verschleierten Propheten erfunden hatte, nachdem er bei den *Mardi-Gras*-Feierlichkeiten in New Orleans gewesen war.

Meine Mutter wusste viel über den Ball, der das größte gesellschaftliche Ereignis in St. Louis war, und die dazugehörige Gesellschaft, die ihn organisierte. Von ihr hatte ich auch erfahren, dass der Name vom irischen Dichter Thomas Moore stammte, der ein Gedicht über den Verschleierten Propheten von Khorassan geschrieben hatte. Die Gesellschaft wiederum war ein Geheimbund für Reiche.

»Obwohl offiziell nie ein Name eines Verschleierten Propheten bekannt wurde«, sagte Bonnie, »kenne ich einen und kann Ihnen den verraten, wenn Sie ihn für sich behalten. Versprechen Sie es?«

»Natürlich«, sagte Ella. Als die richtig gute Reporterin, die sie war, schloss sie jetzt ihr Notizbuch und legte den Stift beiseite.

»Mein Vater«, sagte Bonnie. »Benjamin Quincy Porter. Ungefähr zehn Jahre bevor ich Königin wurde, war er der Verschleierte Prophet.«

»Ist er der Porter von *Porter Chemicals*?«, fragte Ella.

»Das ist er«, bestätigte Bonnie.

»Und von dem Gebäude mit demselben Namen?«

»Ja.«

»Dann würde mich interessieren, warum Sie als seine Tochter bei *J & J* hinter dem Verkaufstresen stehen.«

»Nun, das ist eine traurige Geschichte. Um es kurz zu machen: Ich habe mich in den Schauspieler Roy Delray verliebt. Kennen Sie ihn?«

»Ja«, antwortete Ella. »Er macht das *Mississippi Music Program* auf KMOX.«

»Und spielt im *Muny* im Park. Mein Vater war komplett dagegen, dass ich ihn heiratete, und drohte, mich zu enterben. Ein Schauspieler in unserer Familie wäre wie eine Geißel, eine unheilbare Krankheit, die den reinen Namen Porter vergiften würde. Er setzte die Drohung in die Tat um … und enterbte mich wirklich. Es ist jetzt vier Jahre her, dass er mich aus unserem wunderschönen Haus in Clayton warf, und seitdem habe ich nichts von ihm gehört oder gesehen. Nicht einmal eine Weihnachtskarte. Ihm oder seiner großen Chemiefirma hat die Krise nichts anhaben können, uns hingegen schon. Sie fragen, warum die Königin der Liebe und Schönheit bei *J & J* arbeitet? Ich tue es, um Roy und mich über Wasser zu halten. Mit dem Singen und Schauspielern bei KMOX und im *Muny*, das der Stadt gehört, verdient er nicht viel. Sie zahlen dort schlecht, aber zusammen mit meinem mickrigen Gehalt kommen wir über die Runden. Wir gehen essen und ins Kino und wir tanzen gern auf dem Mississippi-Dampfschiff *River Princess*, wo Roy ab und zu im Casinobereich singt.«

»Tut es Ihnen leid, dass Sie sich mit Ihrem Vater überworfen haben?«, fragte Ella.

»Sie meinen, ob ich besser Roy verlassen hätte? Nein, natürlich nicht, nein, nein, nein.«

»Gibt es jemanden bei *J & J* oder irgendetwas, was passiert ist und was Ihrer Meinung nach dazu beitragen könnte, herauszufinden, wer mit dem Schützen gemeinsame Sache gemacht hat? Haben Sie irgendeinen Verdacht?«

»Ich habe viel darüber nachgedacht – Dempsey habe ich sehr gemocht, ehrlich, er war der netteste und freundlichste Mensch, den man sich vorstellen kann –, aber mir ist nichts eingefallen. Außerhalb der Arbeit habe ich mit niemandem von dort Kontakt.«

»Dann danke ich Ihnen für Ihre Zeit«, sagte Ella und steckte Notizbuch und Stift ein.

»Darf ich Ihnen, bevor Sie gehen, noch einen Tee und ein Stück meines selbst gebackenen Sandkuchens anbieten? Das ist das einzig Gute daran, von der Familie verstoßen worden zu sein – ich habe festgestellt, dass ich eine recht passable Bäckerin bin. Roy meint sogar, ich sollte eine Bäckerei eröffnen.«

Der Sandkuchen war in der Tat köstlich. Bonnie legte mir immer wieder ein neues Stück auf den Teller und ich verputzte sie alle mit Genuss.

»Ich stimme Roy zu«, sagte ich mit vollem Mund.

»Er spielt im *Muny* in Shakespeares *Die lustigen Weiber von Windsor*. Hätten Sie beide vielleicht Lust, sich das Stück anzusehen? Ich hätte zwei Karten für Sie.«

»Aber sicher doch«, antwortete ich. »Wäre es möglich, auch noch eine dritte zu bekommen? Wir haben einen Freund beim *Globe*, der sicher gern mitkäme.«

»Oh, natürlich«, sagte sie und gab mir drei Karten. »Wann wird denn der Artikel erscheinen?«

»Das kann man nie wissen«, antwortete Ella. »Das entscheidet der Redakteur.«

Ich reichte Ella den Fotoapparat und sie knipste Bonnie am

Flügel und auch noch an allen möglichen anderen Stellen im Raum. Ella knipste immer weiter, als wüsste sie, was sie tat. Und Bonnie, die nur zu gern für sie posierte, sagte: »Wenn Sie noch mehr Bilder brauchen, gern auch zusammen mit Roy, ließe sich das problemlos einrichten.«

Sechsundzwanzigstes Ereignis

Ella und ich fuhren mit der Tram zur Eads Bridge zurück und trennten uns vor ihrem Verschlag. Sie umarmte mich zum Abschied und ich lobte sie noch einmal dafür, dass sie so eine gute Schauspielerin war.

Auf halbem Weg zu meiner Hängematte hielt mich jemand am Arm fest. »He, Bürschchen, hör zu, ich hab dir was mitzuteilen.«

Ich sah einen kleinen, stämmigen Mann mit buschigem Schnurrbart und dicken, muskulösen Armen mit tätowierten Schlangen, die sich aus dem Hemd mit den abgeschnittenen Ärmeln herauswanden.

»Du steckst deine Nase in Dinge, die dich nichts angehn, und es gibt Leute, denen gefällt das gar nicht. Deshalb zieh Leine. Hör auf mit dem Rumschnüffeln, sonst ist's vorbei mit deinem knochigen kleinen Arsch. Hast du das verstanden?«

Er ließ meinen Arm los, packte mich stattdessen an der Kehle und hob mich hoch, dass ich würgen musste. Ich versuchte, etwas zu sagen, brachte aber nur ein ersticktes Krächzen hervor. Ich versuchte, zu atmen, bekam jedoch keine Luft. Ich wollte ihm in die Hand beißen, aber sie war zu weit weg von meinen Zähnen. Ich versuchte, mich zu befreien, hätte aber genauso gut Anstalten machen können, einen Zementblock zu bewegen. Mir wurde schwindelig und ich befürchtete, ohnmächtig zu werden, als er mich plötzlich losließ und dann ganz nahe an mich herankam.

»Pass auf, dass ich dich nie mehr zu sehen kriege.«

Ich nickte.

»Hast du das verstanden?«

Ich nickte.

Er verschwand.

Ich setzte mich auf den Boden, massierte mir den Hals und testete meine Stimme, die noch immer krächzend klang. Dann versuchte ich, mich daran zu erinnern, was er genau gesagt hatte, um herauszufinden, wer ihn auf mich gehetzt haben könnte.

Nachdem ich einige Minuten lang sitzen geblieben war, fühlte ich mich langsam wieder besser. Mühsam rappelte ich mich hoch und probierte, mich auf meinen zitternden Beinen zu halten. Sie schienen mich tragen und bis zur Hängematte bringen zu können. Doch die Aussicht, mich darin zur Beruhigung hin und her wiegen zu lassen, wurde jäh zunichtegemacht, als ich sah, dass sie besetzt war.

Mein erster panischer Gedanke war, dass Captain Arnold zurückgekehrt und darauf aus war, zu vollenden, was der Muskelmann begonnen hatte. Mein Instinkt gebot mir eigentlich, auf dem Absatz kehrtzumachen und so schnell wie möglich abzuhauen, trotzdem ging ich immer weiter auf die Hängematte zu, und als ich dort ankam, entpuppte sich Captain Arnold als Augie.

»Augie! Was zum Teufel machst du hier? Wie hast du mich gefunden?«

»Ganz einfach: Deine Hängematte ist die einzige in der gesamten Siedlung.«

Er schwang sich grinsend heraus und ich ließ mich stolpernd hineinfallen.

»Mann, Aaron, du siehst ja aus, als wärst du einem Geist begegnet.«

»Ja, ein muskelbepackter Geist mit Schlangen auf den Armen hat versucht, mich auszuschalten.«

»Glaubst du, das war einer von Catfishs Schlägern?«

»Ja, wahrscheinlich. Warum bist du hier?«

»Ich bin Pringle von der Arbeit gefolgt und rate mal, wem er einen Besuch abgestattet hat?«

»Der Lady aus dem Cabriolet?«

»Nein. Grace Dorso.«

»Der pummeligen Grace? Machen die etwa gemeinsame Sache?«

»Sie lebt in einer schnieken Wohnung im Erdgeschoss der *Lindell Towers*. Ich habe mich unter ein offenes Fenster gestellt und konnte von dort ihr Gespräch mit anhören. Sie kennen sich auf jeden Fall ziemlich gut. Er war gekommen, um ihr etwas zu geben – was, weiß ich nicht –, ich konnte auch nicht lange direkt dort stehen bleiben, weil da so viel los war, aber ich habe sie rauskommen sehen, und wenn ich es richtig aufgeschnappt habe, hat er sie zum Essen ausgeführt.«

»Dass Pringle mit Catfish unter einer Decke steckt, wissen wir, aber was ist mit Grace?«

»Ich glaube, wir sollten schleunigst mal einen Blick in ihr Apartment werfen.«

»Du meinst, da einbrechen?«

»Das Fenster steht offen, wir würden also nicht einbrechen, sondern einfach *einsteigen* – leichter geht's nicht. Zack, zack rein und wieder raus.«

Was bei mir in dem Moment rein und leider nicht zack, zack wieder rausging, war ein stechender Schmerz in meinem Arm genau an der Stelle, wo der Muskelmann mich gepackt hatte. Ich konnte kaum noch atmen und kletterte schnell aus der Hängematte, weil ich nicht wollte, dass Augie sah, was für ein mulmiges Gefühl mich beschlich. Klar geh ich mit! Na, sicher!, sprach ich mir selbst Mut zu. Und wenn wir erwischt werden? Was sollte dann sein? Bist du etwa ein winselnder, weinerlicher Waschlappen, der Angst vor dem eigenen Schatten hat?

»Was ist denn los mit dir?«, fragte Augie.

»Nichts. Warum?«

»Weil du wie wild die Faust in die Luft stößt und mit den Armen rumfuchtelst.«

»Komm! Lass uns gehen und es hinter uns bringen!«, sagte ich.

Eigentlich hätte mir das Atmen jetzt wieder leichter fallen müssen, aber es war, als würden sich die Schlangen des Muskelmanns immer fester um meinen Hals winden.

Siebenundzwanzigstes Ereignis

Lindell Towers war ein großes Wohngebäude mit einem Eingang in Richtung Forest Park, wo viel los war. Grace Dorsos Wohnung lag auf der Rückseite, wo etwas weniger Betrieb herrschte. Wir warteten einen ruhigen Moment ab, um in die Wohnung zu klettern. Abgesehen davon, dass mein Hals schmerzte, fühlte ich mich auch deshalb schlecht, weil ich mich normalerweise an Regeln hielt. Und selbst wenn ich mal was riskierte, war es für gewöhnlich nicht so eine große Sache wie diese. Ich machte das alles doch nur, um meinem Vater zu helfen! Aber wer würde sich um ihn kümmern, wenn ich in Schwierigkeiten geriete?

Die Wohnung war klein, aber Möbel, Vorhänge, Teppiche und Bilder sahen teuer aus. Augie ging vor ins Wohnzimmer. Ich sah mich um, auch wenn ich keine Ahnung hatte, wonach ich suchte. Augie begann, die Schubladen eines Schreibtisches aufzuziehen, auf dem ein Spiegel stand. Ich begab mich zu einem anderen Tisch mit zahlreichen gerahmten Fotos, die meisten von Partys und einige schon ziemlich vergilbt, wahrscheinlich von der Familie.

Augie hielt ein Rechnungsbuch hoch, das er in einer der Schreibtischschubladen gefunden hatte. »Das ist für das Casinoboot, die *River Princess*, all die Namen und Beträge! Und guck mal hier, bei Roy Delray steht eine ziemlich hohe Zahl.«

»Bonnie meinte, er tritt dort manchmal in einer Show auf. Vielleicht ist das sein Honorar.«

»Aber was hat das Ding in Grace' Schreibtisch zu suchen? Vielleicht ist es auch für was ganz anderes.«

In dem Moment blieb mein Blick an einem Foto hängen. »Ich fass es nicht! Guck dir mal dieses Bild hier an.«

Darauf war ein junges Paar in Hochzeitskleid und Smoking zu sehen. Die Frau kam mir irgendwie bekannt vor und der Mann war eindeutig Catfish, wie wir ihn im Archiv der *Post-Dispatch* gesehen hatten.

»Wer ist die Frau?«, fragte Augie. »Warum stellt sich Grace das Bild so edel gerahmt auf den Tisch?«

»Sieht aus wie … eine Schwester vielleicht?«

»Ja, eine schlanke und schöne Schwester oder …«

Ich sah mir das Bild noch einmal genauer an, hielt es ins Licht und drehte es hin und her.

»Weißt du was?«, sagte ich dann. »Sie hat zwar seitdem ganz

schön zugelegt und was mit ihrem Gesicht gemacht, aber das ist Grace, so sah sie früher aus.«

»Nee, das glaube ich nicht. Eine Schwester vielleicht, ja, das kann sein, aber …«

Ich drehte das Foto um, öffnete den Rahmen und heraus fiel eine gefaltete Heiratsurkunde mit zwei Namen darauf: Gaetano Cugavelo und Graciella Borsolini. Aus Gaetano war Catfish geworden, und als er lebenslang nach Dannemora verfrachtet worden war, hatte Graciella ihren Namen und ihr Aussehen geändert und sich ordentlich Speck angefuttert, um zu der pummeligen Grace Dorso zu werden.

»Glaubst du, dass Catfish seine Geschäfte von Dannemora aus über Grace weiter betreibt?«, fragte Augie.

Ich schloss den Rahmen wieder und stellte ihn auf den Tisch zurück. »Und durch Pringle. Wahrscheinlich fährt sie jeden Monat einmal mit dem Zug zu Catfish, um ihn zu besuchen, und er sagt ihr dann, was Pringle machen soll.«

»Und das Ganze wickeln sie über *J & J* ab.«

»Ja, und die Diamanten aus der Vitrine gehören wahrscheinlich auch Catfish.«

»Die Sache ist so verwickelt wie ein Teller Spaghetti. Du bist ein Ass, Aaron. Du hast echt was losgetreten.«

»Aber ich sehe nicht, wie mir das nun hilft, den Täter zu fassen und meinen armen Vater aus dem Kittchen zu holen. Mir bleibt nicht mehr viel Zeit. Gestern Nacht hatte ich einen schrecklichen Albtraum, in dem mich Freda Muller quer durch den Forest Park gejagt hat.«

Plötzlich hörten wir ein schrilles Geräusch, einen Schlüssel, der im Schloss herumgedreht wurde, und in null Komma nichts waren wir beim Fenster. Augie hechtete als Erster raus, und da ich sofort hinterhersprang, landete ich auf ihm. Doch wir rappelten uns schnell wieder auf und schlossen uns einer Gruppe Jugendlicher an, die laut singend und tanzend in Richtung Park unterwegs waren. Ein sehr hübsches Mädchen hakte mich unter und bot mir einen Schluck aus ihrer Bierflasche an. Ich mag Bier und das ganze Zeug nicht besonders gern, aber ich mag hübsche Mädchen. Deshalb nahm ich ihr Angebot an und wir hüpften und tanzten gemeinsam bis in den Park. Sie hatten einen Korb Erdnussbuttersandwiches und mexikanische Teigtaschen dabei und wir setzten uns im Kreis auf die Wiese, sangen Lieder und sahen zu, wie der Mond aufging.

Achtundzwanzigstes Ereignis

In der zehnten Reihe des elftausend Plätze umfassenden Freilufttheaters zu sitzen und nicht ganz oben, wo ich mit meiner Mom sonst immer hinging, weil es da umsonst war, war ein Unterschied wie Tag und Nacht. Ella, Augie und ich bekamen ein Programm in die Hand gedrückt und wurden zu unseren Plätzen gebracht. Elftausend sind wirklich viele, die Sitzplätze nehmen die gesamte Anhöhe des Parks ein. Ich blickte auf die unzähligen Menschen, die hinter mir im *Muny* den Hang hinauf saßen, und fühlte mich irgendwie besonders – so hatte ich mich schon lange nicht mehr gefühlt.

Wir blätterten unsere Programme durch. Vorne drauf stand *Die lustigen Weiber von Windsor* von William Shakespeare, auf der nächsten Seite waren die einzelnen Rollen aufgelistet und wer wen spielte – ganz oben Sir John Falstaff: Roy Delray, darunter all die anderen. Danach gab es Seiten für »Begegnungen mit den Schauspielern«, wo Fotos von ihnen abgedruckt waren, nicht im Kostüm, sondern wie sie im echten Leben aussahen, und dazu eine kurze Biografie.

Roy Delray trug auf seinem Bild einen feinen Anzug mit Halsbinder und sah schlank und sehr gut aus, wie ein Filmstar.

Vor der Bühne saßen Musiker, obwohl das Stück kein Musical war. Wahrscheinlich würden sie leise spielen, während die Schauspieler ihren Text sprachen. Auch jetzt spielte die Musik, während die Zuschauer zu ihren Plätzen gingen, und ich spürte die freudige Aufregung, die vor jeder Theateraufführung geherrscht hatte, die ich bislang gesehen hatte.

Inzwischen war es dunkel geworden und auf der Bühne gingen die Scheinwerfer an. Das Publikum applaudierte (auch wir drei), als die Darsteller nacheinander in prächtigen historischen Kostümen auf die Bühne kamen. Dann erschien fett, feist und aufgebläht Falstaff mit einem mit Edelsteinen besetzten Schwert an der Seite und einer gigantischen Gürtelschnalle, über der sich ein riesiger Bauch wölbte, während unten massive Beine hervorguckten. Dazu Stiefel bis zum Knie und eine schreiend bunte Robe, ein kräftiger Bart und eine wilde Haarmähne. Seine Stimme war tief und rollend, als er anfing, zu sprechen.

Ella und ich sahen uns an. Dass dieser Fettwanst derselbe Mann sein sollte wie der auf Bonnies Flügel oder in dem Programmheft, konnte man nur schwer glauben. Noch unwahrscheinlicher kam es mir in der Szene vor, in der sich Falstaff als die weise Frau von Bradford verkleidete, und die fetten Beine gegeneinanderklatschten, während er in einem bunten, bauschigen Kleid über die Bühne watschelte.

Zum Schluss applaudierten die Zuschauer wie verrückt, die Schauspieler mussten sich immer wieder verbeugen und für Falstaff wurde noch zusätzlich Bravo gerufen und gepfiffen. Zwar hatte Roy einige Male seinen Text und den Akzent vergessen, aber das schien dem Publikum nichts auszumachen.

Nachdem wir wieder aus dem *Muny* draußen waren, schlug Augie vor, dass wir alle auf ein *Root Beer* in den Pavillon des Parks gehen sollten. »Das übernehme ich – heute war ein ziemlich guter Tag.« Aber ich lehnte ab und sagte, dass ich noch einige Dinge zu erledigen hätte. Ich lief in Richtung Zoo, der so nah war, dass man die Tierlaute hören konnte. Ich kannte den Zoo ziemlich gut. Aus dem *Westgate Hotel* war ich oft vor der stickigen Hitze in unserem Zimmer dorthin geflüchtet oder wenn sich meine Eltern gezankt hatten oder die dreiköpfige Band im *Good-Times*, wo der Tanz zehn Cent kostete, mal wieder besonders laut spielte. Die meiste Zeit verbrachte ich vor den Käfigen der Raubkatzen und freundete mich mit einem alten Löwen namens Fritz an, der eine schwarze Mähne und gefühlvolle Augen hatte.

Als ich bei ihm ankam, setzte ich mich unter einer Laterne auf eine Bank und begann, mir Notizen zu machen. Es war höchste Zeit, ordentlich zu kombinieren und eins und eins zusammenzuzählen, so wie Mr Holmes und Miss Marple es getan hätten und Inspektor Poirot.

Meine Gedanken sprangen hin und her, als ich versuchte, mir die verschiedenen Ereignisse und Gespräche ins Gedächtnis zu rufen: Justins und Joels Verwicklungen, Catfish Kuger, Pringle, der eigentlich Anthony Aravista hieß, das *Pete's*, Grace Dorso, die in Wahrheit Graciella Borsolini und mit Catfish verheiratet war, die Lady aus dem Cabriolet, Sol Greenblatt und seine Pokergruppe ehemaliger Juweliere, wie Roy Delray über die Bühne gewatschelt war und die rätselhafte Sache mit dem Verschleierten Propheten.

Nachdem ich eine Weile vor mich hin geschrieben hatte in der Hoffnung, dabei etwas herauszufinden, begann mein Magen, zu knurren, wie er es immer tat, wenn ich nichts aß, um Geld zu sparen. Aber so, wie er knurrte und gar nicht mehr aufhören wollte, war es eindeutig Zeit, meine mageren Ersparnisse anzuzapfen. Ich ging zu Fritz' Käfig und er kam zu mir. Ich verabschiedete mich von ihm und er brummte leise zur Antwort.

Direkt vor dem Zoo gab es eine Bushaltestelle und ich nahm den Bus bis zu *Gino's*, dem kleinen Restaurant in Dago Hill, wo es einen Teller dampfende Spaghetti für fünf Cent gab, die meinen Magen bestimmt ruhigstellen würden.

Ich setzte mich an die Bar und mir wurde ein Teller mit zwei Scheiben warmem italienischem Brot zugeschoben, während ich auf die Spaghetti wartete. Fast alle Tische in dem Restaurant waren besetzt. Es herrschte reger Betrieb.

Ich hatte gerade in das warme, knusprige Brot gebissen, als die Tür aufschlug, ein großer Mann hereinkam und schnurstracks zur Bar ging. Er hatte sich die Kappe tief über die Augen gezogen und einen Revolver in der Hand. Ich verschluckte mich an dem Brot und war mir ganz sicher, dass er mit dem muskulösen Kerl, der mich an der Eads Bridge abgefangen hatte, unter einer Decke steckte und gekommen war, um mich endgültig auszuschalten. Aber dann ging er an mir vorbei und richtete sei-

ne Waffe auf einen Mann, der am anderen Ende der Bar saß und rief: »Nein, Joe! Bitte nicht, Joe!«

Joe erschoss den Mann trotzdem, woraufhin dieser blutend vom Stuhl fiel. Da erhob sich an einem der Tische ein anderer Mann, der auch eine Waffe hatte und zweimal auf den Schützen feuerte, der noch herumwirbelte, dann aber zwei Stühle von mir entfernt zu Boden sackte. Nun war das gesamte Restaurant in Aufruhr, überall kamen plötzlich Waffen zum Vorschein und ich wusste, dass ich wegmüsste, bevor die Polizei käme. Mein Herz hämmerte wie verrückt und es fiel mir schwer, meine Beine zum Laufen zu bewegen, immerhin lagen zwei Tote vor mir. Man hörte bereits die Sirenen und ich war nicht der Einzige, der zum Ausgang drängte. Offensichtlich hielten sich noch mehr Leute lieber von der Polizei fern.

Irgendwie gelang es mir, mich nach draußen zu schlängeln, und ich war an der Ecke, als die ersten Streifenwagen mit Sirenengeheul in die Straße einbogen. Erst als ich in der Tram saß und meinen Schülerfahrschein vorzeigen wollte, merkte ich, dass ich noch immer das Brot in der Hand hielt. Aber so musste ich immerhin nicht mit leerem Magen schlafen gehen.

Neunundzwanzigstes Ereignis

Mein Schlaf in jener Nacht war mit Albträumen gespickt, mit Revolverschüssen, spritzendem Blut und brutalen Killern, die mich von einem Ende des *Muny* zum anderen jagten, wobei ich über die Sitze sprang, während meine Hängematte schwankte wie in einem Hurrikan.

Ich wachte auf, als die Sonne St. Louis wieder in einen Ofen verwandelte. Ich nahm Handtuch und Seife aus dem Versteck und ging duschen. Das kalte Wasser brachte meinen erhitzten Körper richtig in Schwung, während ich versuchte, das Elend der Nacht mit besonders viel Seife wegzuwaschen.

Bevor ich in die Tram stieg, genehmigte ich mir noch eine Scheibe Toast und ein Glas Milch und guckte dabei in meinem Notizbuch die Liste mit den zu erledigenden Dingen durch. Zuerst wollte ich zu *Scruggs, Vandervoort & Barney*. Als ich Augie an der Ecke mit seinen Zeitungen sah, ging ich zu ihm, um kurz mit ihm zu reden.

»Was steht an, Aaron?«

»Ich geh was bei *Scruggs* überprüfen. Wie hat dir das Theater gefallen?«

»Na ja, um ehrlich zu sein, hab ich's nicht so mit Shakespeare. Aber es war echt nett, Ella kennenzulernen. Sie ist hübsch, oder?«

»Aber hallo.«

»Wir haben uns prima verstanden. Und sie hat eine wunderschöne Stimme. Hast du sie je singen gehört? Ich sehe sie am Freitag wieder.«

»Freut mich.«

»Sie hat mir von ihrer Epilepsie erzählt.«

»Sie hat eine Medizin dagegen.«

»Irgendwas hat sowieso jeder«, sagte Augie.

Sich bei *Scruggs* zurechtzufinden ist nicht leicht, aber mit Hilfe fand ich die Abteilungen, die ich suchte: Herren- und Arbeitskleidung. Natürlich nicht, um etwas zu kaufen; was ich brauchte, waren Informationen.

Nach *Scruggs* ging ich zum Hauptsitz der Gesellschaft des Verschleierten Propheten. Ich drückte auf den Klingelknopf und hörte aus der Gegensprechanlage: »Passwort bitte.«

»Das weiß ich nicht, aber …«

»Sind Sie Mitglied?«

»Nein. Ich würde nur gern mit den Leuten sprechen, die bei Ihnen für die Kostüme und fürs Schminken zuständig sind.«

»Tut mir leid, aber wir sind ein Geheimbund und geben keinerlei Informationen raus.«

»Ja, Sir, das weiß ich, aber ich gehe zu einem Kostümfest und würde von den Leuten, die sich bei Ihnen um die Kostüme kümmern, gern wissen …«

»Auf die haben nur Mitglieder Zugriff. Wer nicht Mitglied in der Gesellschaft des Verschleierten Propheten ist, hat kein Anrecht darauf.« Nach diesen Worten wurde die Gegensprechanlage ausgeschaltet.

Beim *Muny* hatte ich mehr Glück, weil es der Stadt St. Louis gehörte und auch von ihr geführt wurde. Die Dame, die den Kostümfundus betreute, ging mit mir dorthin. Er füllte ein eigenes Gebäude. Dort hing in zahllosen Reihen alles, was man sich nur denken konnte: angefangen bei Piraten über Cowboys und Könige, Prinzen, Königinnen bis hin zu Narren, Rittern in Rüstungen, Generälen, Polizisten, Monstern, Tieren, Ärzten, Richtern und so weiter und so fort.

»Hier wird doch auch bestimmt viel ausgeliehen, oder?«, fragte ich.

»Nicht mehr«, antwortete sie. »Viele unserer Kostüme sind verloren gegangen, weil wir sie verliehen und dann nie zurückbekommen haben. Deshalb wurden alle Kostüme vor ein paar Jahren gesichert und die Sicherung kann nur von mir und mit meinem Zentralschlüssel geöffnet werden. Seitdem ist kein Kostüm mehr verloren gegangen.«

Die Maskenbildnerin war genauso nett wie die Dame vom Kostümfundus und zeigte mir eine Schublade nach der anderen, in der Nasen, Ohren, Augen, Füße, Hände und Kinne (Doppelkinne und fliehende), Bärte, Hälse, Stirnen, Beine, Buckel und noch endlos viel mehr aufbewahrt wurden.

Da ich schon mal im Park war, beschloss ich, zu den Tennisplätzen zu gehen, wo ich Leute kannte und mich wohlfühlte. Vor dem *Drop Shot* gab es Picknickbänke und ich setzte mich auf eine davon, um mein Notizbuch durchzugehen und ernsthaft weiter zu detektivieren. Auf den ersten Seiten hatte ich aufgeschrieben, wie ich im Ford festgesessen und hatte mit ansehen müssen, wie die Polizisten meinen Vater mitnahmen. Doch im Moment interessierten mich nur die Seiten über die Leute von *J & J*, Catfish und seine Bande und alles, was mit den aus der Vitrine von *J & J* gestohlenen Diamanten zu tun hatte. Angestrengt dachte ich über alles nach. Ob man seinem Gehirn durch zu viel Denken schaden konnte, so wie eine Kerze zu schnell ausbrennt, wenn der Docht zu dick ist?

Mein Kopf war jedenfalls kurz vor dem Platzen und es war höchste Zeit, etwas zu tun, um meinen Vater zu befreien. Und ich wusste nun auch, was und dass die Zeit dafür gekommen war.

Ich schloss mein Notizbuch und schob es in meine Gesäßtasche, als Buddy Silverstone aus dem *Drop Shot* rief: »He, Aaron, komm mal rüber und hilf mir tragen.«

Als ich zu ihm ging, sah ich, wie Buddy gerade zwei Tabletts mit Hotdogs, einer großen Portion weiße Bohnen und Limonade fertig machte.

»Heute ist mein Geburtstag«, sagte Buddy, »und ich würde mich freuen, wenn du mit mir feierst.«

Buddy war schon alt, fünfzig oder so, und hatte einen kurzen, ordentlichen Bart und wirres, grau gesprenkeltes Haar. Und eine laute, durchdringende Lache, die so manchen Doppelfehler verursachte. Er war davon überzeugt, dass jeder ein bisschen Spaß im Leben haben sollte, egal, was sonst so los war. Damit war er der ideale Platzwart. Er hatte zwar schon einen kleinen Bauch, war aber noch immer ein sehr passabler Doppelspieler.

»Ich habe dir einen Hotdog mit allem gemacht«, sagte er. »Senf, Ketchup, Soße und gebratene Zwiebeln. Und in die Bohnen hab ich Tabasco reingetan.«

»Herzlichen Glückwunsch, Buddy!«, sagte ich und spürte schon den scharfen Tabasco im Mund.

»Die gebratenen Zwiebeln sind meine Erfindung«, sagte Buddy. »Ich hab mal so einen für den Typen gemacht, der bei den

Cardinals im Sportsman's Park für das Essen verantwortlich ist, und der meinte, er würde ihn als ›Buddy Dog‹ in sein Angebot aufnehmen.« Er lachte schallend, woraufhin ein Spieler auf einem nahe gelegenen Platz einen Überkopfball verfehlte.

»Lange nicht gesehen, Aaron. Stimmt was nicht? Von deiner Mom, das weiß ich, aber sonst?«

Ich erzählte ihm von meinem Vater und dem Ford und dass unsere Wohnung versiegelt war, während ich mit dem Rest des Hotdog-Brötchens die Bohnensoße aufwischte.

»Hab ich das richtig verstanden, du lebst jetzt in einer Hängematte in der Siedlung an der Eads Bridge?«

»So schlecht ist es da gar nicht, die haben Duschen und alles.«

»Klar, und eine Waschküche und Strom und ein Lebensmittelgeschäft und einen Kühlschrank«, sagte er sarkastisch. »Aaron, in all den Jahren, die du hier gespielt hast, habe ich gesehen, was für ein feines Kerlchen du bist. Mit ein paar Trainerstunden könntest du Turniere spielen. Tim trainiert dich, wenn du ihm dafür ein paar Hausarbeiten schreibst – er ist an der Washington University und braucht ein bisschen Unterstützung. Wie wär's? Es ist höchste Zeit, dass du mal ein bisschen Spaß hast, wie es sich für einen Jungen in deinem Alter gehört.«

Ich sagte ihm, wie viel es mir bedeutete, dass er sich Gedanken um mich machte, besonders in schweren Zeiten wie diesen. Aber es gab viele Kids wie mich, die ihr Päckchen zu tragen hatten, und entweder man überstand den Sturm oder man ging unter und ertrank. »Es ist super, jemanden wie dich in der Nähe zu wissen, der einen Rettungsring bereithält. Das Schiff ist leckgeschlagen, aber ich versuche, so viel Wasser wie möglich rauszuschaufeln. Ich bin zäh.«

»Ah, zäh bist du also.«

»Genau. Sehr zäh.«

»Das ist gut. Aber du solltest Bewegung allein nicht als Aktivität missverstehen.«

Dreißigstes Ereignis

Und so beschloss ich nach all dem Herumlaufen, Gesprächeführen, Einbrechen und so weiter, endlich aktiv zu werden. Buddy erlaubte mir, vom Telefon des Tennisplatzes ein Ortsgespräch zu führen. Ich fischte die Karte von Mr Appleton, dem Anwalt, aus der Tasche. Seine Sekretärin ging ran.

»Hier ist Aaron Broom«, sagte ich und versuchte, so erwachsen wie möglich zu klingen. »Ich würde gern mit Mr Appleton sprechen.« Es fühlte sich gut an, »ich würde gern« statt »ich will« zu sagen, wie Hilda Levy es uns beigebracht hatte.

»Er ist gerade bei einem Mandanten, aber geben Sie mir doch Ihre Nummer, dann ruft er Sie zurück.«

Die Worte »dann ruft er Sie zurück« gaben mir das Gefühl, wichtig zu sein, ein wenig jedenfalls. Ich gab ihr die Nummer vom Tennisplatz. Dann setzte ich mich neben das Telefon, das auf einem Tresen mit Glasplatte stand, in dem Schweißbänder,

Bälle, Tennishemden und -kappen mit St. Louis drauf und Socken zum Verkaufen lagen. Tim Storch, der Tennistrainer, kam zu mir und fragte, ob ich mit einem Spieler, der einen Partner brauchte, ein paar Bälle schlagen wollte. Er werde mir einen Schläger leihen, meinte er.

Ich sagte Ja und es fühlte sich wunderbar an, über den Platz zu rennen und mit Vor- und Rückhand voll zuzuschlagen.

Als der Anruf von Mr Appleton kam, war ich ziemlich verschwitzt. »Ich habe hart gearbeitet und würde Ihnen gern davon berichten«, sagte ich zu ihm. »Ich hoffe, es reicht, damit Sie meinen Vater aus dem Gefängnis freikriegen.«

»Nun, Aaron Broom, ich bin morgen ziemlich beschäftigt, aber am späteren Nachmittag vielleicht … Wie wäre es mit fünf Uhr?«

»Oh, das wäre wunderbar. Vielen Dank.«

Ich war wirklich erstaunt, dass er Zeit für mich hatte, und auch noch so schnell. Ich hatte befürchtet, dass er beim letzten Mal vielleicht einfach nett zu mir, dem bedürftigen Kind von der Straße, hatte sein wollen, aber dass er mir diesen Termin gab, baute mich wirklich auf.

Ich ging zu Augies Ecke, um ihm davon zu berichten, aber er war nicht da. Ein älterer Junge hatte seinen Platz eingenommen.

»Wo ist Augie?«

»Weiß nicht.«

»Ist er etwa krank?«

»Weiß nicht.«

»Hast du eine Ahnung, wo er wohnt?«

Der Junge zog ein Buch unter dem Zeitungsstapel hervor, auf dem »*Post-Dispatch*« und »Warenausgang« stand, und reichte es mir. Auf der ersten Seite fand ich Augies Namen und seine Adresse.

»Kannst du behalten«, sagte der Neue. »Ich habe mein eigenes.«

»Heißt das, er wurde gefeuert?«

»Weiß nicht.«

»Was weißt du eigentlich?«

»Dass er nicht hier ist.«

»Nie wieder?«

»Weiß nicht.«

Ich spürte etwas wie Panik in mir aufsteigen. In der kurzen Zeit war Augie ein echt guter Kumpel geworden, jemand, auf den ich zählen konnte und er auf mich. Ich spürte es bis ins Mark, dass etwas Schlimmes passiert war.

Die Adresse lautete Union Boulevard, Wohnung 3R, in einem großen, gedrungenen Gebäude. Die Tür stand ein Stück offen. Von drinnen war nichts zu hören. Ich drückte auf die Klingel und hörte es schrillen.

»Ja?«

»Augie, ich bin's – Aaron. Kann ich reinkommen?«

»Ach, Aaron, klar, na sicher doch. Ich bin im Schlafzimmer.«

Die Wohnung war nicht besonders geräumig: Schlafzimmer, Wohnzimmer, Küche und Bad. Augie war gerade dabei, seine Sachen in einen Koffer zu packen, der offen auf dem Bett lag.

»Augie? Was zum Teufel … Wo willst du hin?«

Er hörte auf, zu packen, nahm mich am Arm und führte mich ins Wohnzimmer, wo wir uns beide aufs Sofa setzten.

»Mein Bett«, sagte er und schlug die Kissen auf.

Es war klar, dass es ihm nicht gut ging, deshalb saß ich einfach nur still da und ließ ihm Zeit. Er ging in die Küche und holte uns zwei Gläser Wasser. Ich war nicht in der Stimmung, zu trinken. Er nippte an seinem Glas.

»Ich bin gestern nach Hause gekommen und mein Vater saß in dem Sessel da drüben. Er hatte ein Päckchen auf dem Schoß mit meinem Namen darauf. Ich sprach ihn an. ›Du hast was für mich?‹ Er antwortete nicht. Als ich ihn berührte, kippte er zur Seite. Das Päckchen fiel auf den Boden. Er war tot.«

Mir wurde eiskalt und mein Atem stockte. Ich fühlte mich schuldig. Ich wollte etwas sagen, doch es war nicht der richtige Moment für Worte. Und so saßen wir einfach da und teilten seinen Schmerz. Augie hatte den Kopf auf die Hände gestützt. Von draußen drang der Lärm von vorbeifahrenden Autos, Trambahnen und Menschen herein. Das Leben würde weitergehen, nur Augies Vater würde nicht mehr Teil davon sein und Augie würde mit einem Loch im Herzen weiterleben müssen.

Augie hob den Kopf und sagte: »Er hat mir eine Nachricht hinterlassen, die er an eine wunderschöne, mit Diamanten und Rubinen besetzte Brosche geheftet hat. Ich lese sie dir vor. ›Das ist das letzte Stück vom Schmuck deiner Mutter. Jetzt ist ihre Schmuckschatulle leer. Wir haben nur noch ein paar Dollar, aber ich bringe es nicht übers Herz, die Brosche zu verkaufen. Und was ist dann? Dann muss ich mich auf der Straße wieder bei den anderen Apfelverkäufern einreihen, betteln und versuchen, uns mit den paar Pennys, die du verdienst, durchzubringen. Deshalb überlasse ich dir diese schöne Brosche, die genug einbringen sollte, damit du eine Weile davon leben kannst. Ich habe auch mit meinem Cousin Leonard in Keokuk gesprochen und er hat zugestimmt, dich für den Fall der Fälle bei sich aufzunehmen, vielleicht findet er auch eine Arbeit für dich. Bitte geh so schnell wie möglich wieder zur Schule. Du bist ein feiner und intelligenter Junge, der dazu bestimmt ist, die Welt zu sehen. Heirate gut, und solltest du das Glück haben, einen Sohn zu bekommen, dann nenne ihn bitte nach mir, damit ich auf diese Weise weiter Teil deiner Familie sein kann.‹« Augie legte die Nachricht auf den Tisch.

Ich hatte Tränen in den Augen. »Dein Pop war ein wundervoller Mensch, Augie, so voller Liebe. Was hast du nun vor?«

»Eigentlich wollte ich bleiben und dir mit deinem Pop helfen, aber nun glaube ich, es ist das Beste, wenn ich nach morgen zusehe, dass ich von hier wegkomme.«

»Was ist denn morgen?«

»Die Beerdigung. Mein Dad war Mitglied in einem Bestattungsverein, es ist also alles bezahlt – die Überführung zum Bestatter, der Sarg, der Grabredner, die Einäscherung«, und dann schrie er plötzlich: »und all der Scheiß!«, was ihm sofort peinlich war. »Ich gehe nicht sehr gut damit um.«

»Wie wär's, wenn wir heute Abend was zusammen machen?«

»Würde ich ja gern, aber ich muss noch alles Mögliche erledigen. Die Wohnung war möbliert, aber ich muss mich um seine Klamotten kümmern, und dann gibt's da noch ein paar Bücher und so.«

»Behältst du was davon?«

»Nein. Die Sachen erinnern mich zu sehr an ihn und daran, dass er aufgegeben hat, aber könntest du mir einen Gefallen tun?«

»Klar, was immer du willst.«

»Komm morgen zu *McKinley's*. Das ist der Bestatter. Ich bin froh, wenn ich da nicht allein bin.«

»Natürlich komme ich. Hast du etwas dagegen, wenn ich noch ein paar Leute mitbringe … Ella und ihre Mom zum Beispiel?«

Kurz schien sich sein Gesicht aufzuhellen, als er das hörte. »Klar, ich würde mich gern von ihr verabschieden.«

Er griff nach dem Päckchen, das sein Vater ihm hinterlassen hatte, und nahm den Inhalt heraus: die Familienbibel, ein Busfahrschein nach Keokuk, sechs Dollarscheine, Manschettenknöpfe, ein Kompass, ein silberner Füllhalter, ein Bündel Briefe seiner Mutter, ein Opernglas, eine Armbanduhr und die schöne Brosche. Er nahm alles mit ins Schlafzimmer und packte es sorgfältig in den Koffer, bis auf die sechs Dollar, die er sich in die Tasche steckte.

»Ich weiß nicht, was ich davon halten soll, zu diesem Cousin zu ziehen. Ich habe ihn noch nie gesehen und nehme an, dass er Familie hat. Ich weiß nicht, ob ich bereit dafür bin.« Er dachte lange nach. »Wahrscheinlich bin ich allein besser dran, mit den sechs Dollar für den Anfang.«

Als ich die Treppe von Augies Wohnung wieder hinunterstieg, fühlte ich mich schrecklich, als würde ich ihn im Stich lassen. Auch wenn er allein sein wollte, hätte ich vielleicht trotzdem bei ihm bleiben und nicht gehen und in diesem Moment nicht auf den Stufen nach unten sein sollen. Ich kannte das Gefühl, weil ich zurzeit selbst allein war, aber immerhin hatte ich noch eine Mutter und einen Vater in meinem Leben, auch wenn sie gerade nicht da waren.

Augie dagegen war plötzlich aus der Bahn geworfen worden, auf eine schrecklich traurige Art und Weise. Das muss man sich mal vorstellen, den eigenen Vater tot im Sessel zu finden. Und nun das Gefühl zu haben, von diesem unglücklichen Leben wegkommen zu müssen. Dabei aber total unsicher zu sein, ob Keokuk der richtige Ort für einen war – ob mit oder ohne Cousin.

Einunddreißigstes Ereignis

Als ich an Ellas Zeltverschlag ankam, drang ein Geruch in meine Nase, der mir das Wasser im Munde zusammenlaufen ließ. Ella kam zum Eingang und bat mich herein. Sie machte gerade mit ihrer Mutter Maisbrot in einer Pfanne, die sie über die Flamme einer Dose mit Brennpaste hielten.

»Stell dir vor«, sagte Ella. »Ich bin zum Eisenwarenladen um die Ecke gegangen, um eine Dose Brennpaste zu kaufen. Und als ich dort ankam, hängte der Besitzer gerade ein Schild raus, auf dem stand: ›Geschäftsaufgabe‹. Er hat mir alle Dosen Brennpaste, die er noch hatte, für fünf Cent gegeben, so viel, wie normalerweise eine einzige Dose kostet. ›Niemand kauft noch was‹, sagte er, ›wofür also das Ganze?‹ Mein Gott, wie traurig die Welt geworden ist.«

Mrs McShane gab mir ein Stück von dem Maisbrot aus der Pfanne zum Probieren.

»Du hast recht, Ella, die Welt ist wirklich ein trauriger Ort«, sagte ich und erzählte ihnen von Augie und seinem Vater und ihrem schrecklichen Schicksal und dass Augie für nach der Beerdigung einen Busfahrschein nach Keokuk hatte und dass sie bitte für ihn am nächsten Tag zu *McKinley's* kommen sollten.

»Er hat seinen Vater einfach so gefunden?«, fragte Ella und ihr versagte die Stimme. Sie senkte den Kopf und hielt sich die Hände vor die Augen. Ihre Mutter kam zu mir, umarmte mich und sagte: »Natürlich kommen wir.«

Ella blickte auf und wischte sich die Tränen ab. »Ist Augie einigermaßen beieinander?«, fragte sie.

»Er wird sich freuen, dich zu sehen«, antwortete ich.

Die Jungs zu finden, die die Kartoffeln in dem Fass geröstet hatten, war ziemlich schwierig. Schließlich fand ich wenigstens das Fass wieder, aber darin war kein Feuer und weit und breit war niemand zu sehen. Dennoch nahm ich an, dass sie in den umliegenden Hütten und Verschlägen lebten. Ich ging von Tür zu Tür und klopfte überall an, bis ich mit dem Klopfen am Ende Erfolg hatte, als Frank, der Nette von ihnen, von dem ich zum Schluss die Kartoffel bekommen hatte, mir aufmachte.

»Erinnerst du dich an mich?«, fragte ich.

»Klar, du bist der, der Jim in die Eier getreten hat.«

»Ist alles in Ordnung mit ihm?«

»Klar.« Er lachte. »Hat ihn ein bisschen zurechtgestaucht.«

Ich erzählte ihm von Augie und der Beerdigung und fragte, ob er nicht kommen und noch Leute mitbringen könnte. »Ich weiß, das ist jetzt ziemlich viel verlangt«, sagte ich, »weil du ihn ja gar nicht kennst. Aber er ist echt ein feiner Kerl, der es nicht verdient hat, mit dem Sarg von seinem Dad bei dessen Beerdigung allein zu sein.«

»Mein Pop ist im Krieg gefallen, deshalb konnten meine Mom und ich ihn nie beerdigen, also komme ich gern für deinen Freund.«

Augie war früh dort und freute sich, Ella und ihre Mutter zu begrüßen, als sie kamen. Der Raum war klein, vorn stand der offene Sarg. Sanfte Orgelklänge kamen von irgendwoher.

Frank erschien und brachte zu meiner Überraschung Roger und Jim mit, das Trio vom Kartoffelfass. Ich stellte sie Augie und Ella und ihrer Mutter vor. Jim war auffällig freundlich zu mir, genau wie Vernon es vorhergesagt hatte. »Solche Leute musste umhau'n, dann leck'nse dir die Stiefel, wennse wieder aufsteh'n.«

Durchs Fenster sah ich Vernon mit Arthur kommen. Ich ging nach draußen, um sie zu begrüßen. Beide hatten sich extra fein gemacht und trugen Halsbinder. Ich öffnete die Tür und sie folgten mir nach drinnen. Als wir auf den Raum zugingen, in dem Augie wartete, sprach mich ein elegant gekleideter, großer Mann mit weißem Hemd, schwarzer Krawatte und einem Einstecktuch mit drei Zacken in der Brusttasche an.

»Ich bin Donald McKinley«, sagte er, »kann ich etwas für Sie tun?«

»Nein danke«, antwortete ich, »wir sind hier für eine Beerdigung um zehn Uhr. Ich weiß, wo wir hinmüssen.«

»Nun«, sagte er und sah Vernon und Arthur an, »wir haben hier unsere Regeln, was Schwarze angeht, wie die meisten Bestattungsinstitute … Wie heißt du?«

»Aaron Broom. Und ich habe auch eine Regel. Meine Freunde und ich ehren die Toten. Das ist eigentlich *Ihr* Geschäft, wenn ich mich nicht irre: die Toten zu ehren?«

»Ja«, sagte er hastig, »aber es gibt …«

»Gut, und genau das tun wir.« Wir gingen einfach an ihm vorbei. »Unten im Erdreich«, murmelte Arthur, »da sind wir alle gleich.« McKinley gab einen gurgelnden Laut von sich, ließ uns dann aber ziehen.

Wir waren nun acht, Augie nicht mit eingerechnet, und es fühlte sich gut an, dass wir für ihn da waren und in diesem Moment hier auf diesen hölzernen Stühlen mit den hohen Lehnen saßen. Augie erhob sich und drehte sich zu uns um.

»Ich danke euch allen, dass ihr gekommen seid«, begann er, »um einem euch Unbekannten beizustehen, der sich von seinem Vater verabschieden muss. Er war ein guter Mensch, der immer für die Leute um ihn herum da war, besonders für meine Mutter und mich. Es war wunderbar, wie sehr er meine Mutter geliebt hat. Aber als sie starb, hat es ein Loch in ihn gerissen, das nicht mehr zu schließen war. Nachdem sie ihm nicht mehr helfen konnte und er Stück für Stück alles verlor, habe *ich* versucht, ihm zu helfen und ihn davor zu bewahren, sich aufzugeben und nur noch ein Häufchen Elend zu sein, ehrlich. Doch er hatte den Lebenswillen verloren, alles hat er verloren. Aber es gab auch gute Jahre und alles, was er mir da beigebracht hat, trage ich in mir und es wird mich mein ganzes Leben lang begleiten. Möge er in Frieden ruhen.«

Er wandte sich dem Sarg zu und warf einen letzten Blick auf seinen Vater, legte die Hand auf dessen Brust und schloss dann langsam den Deckel. Anschließend presste er die Stirn gegen die glänzende Oberfläche und sprach in Gedanken einen letzten Abschiedsgruß.Wir alle saßen andächtig mit gesenkten Köpfen da, als Vernon ganz leise zu singen begann. Arthur stimmte behutsam mit ein und gemeinsam sangen sie vom Licht auf dem Weg durch die Dunkelheit.

Shine the light, brother
Light up the way
Shine the light, brother
Light up the way
Shine the light, brother
Light up, light up the way

Augie blickte auf und sah zu ihnen, als sich die beiden untergehakt erhoben.

All the way, brother
Through night, through day
All the way, brother
Through night, through day
All the way, brother
Light up the way
He's comin'
He's comin'
He's comin' to stay
Praise the Lord, brother
He's comin' to stay

Zwei Herren im Anzug kamen in den Raum und rollten den Sarg fort. Ich stand ebenfalls auf und sagte: »Augie, du stehst nun vor einer Reise ins Ungewisse, aber du bist nicht allein – die Seele deines Vaters ist bei dir. Die Nachricht, die er dir hinterlassen hat, dass du gut heiraten und, wenn du das Glück hast, einen Sohn zu bekommen, diesen nach ihm benennen sollst, damit er Teil deiner Familie bleiben kann – das ist seine Seele. Augie, er schickt dir seine Seele, und noch ehe sein Körper mit dem Feuer in Berührung kommt, wird seine Seele ein Teil von dir und deinem zukünftigen Sohn sein. In der kurzen Zeit, seit du und ich uns kennen, sind wir wie Brüder geworden und ich wünsche mir von ganzem Herzen, dass das Leben dich dafür belohnen wird, dass du so ein feiner Kerl bist.«

Auf dem Weg nach draußen stand Mr McKinley an der Tür und grinste breit. »Ihr Gesang war fantastisch«, sagte er an Vernon gewandt. »Deshalb wollte ich fragen, ob Sie und Ihr Freund sich vorstellen könnten, das öfter …«

Wir gingen einfach weiter.

Zweiunddreißigstes Ereignis

Ich war viel zu früh am *Mercantile*-Gebäude, weil ich sehr nervös war. Ich hatte alles für Mr Appleton vorbereitet, aber woher sollte ich wissen, ob es ihm genügte, um damit anwaltlich was für meinen Vater zu tun? Ich nahm seine Karte aus der Tasche und fuhr mit den Fingern drei Mal über die ein wenig rausstehenden Buchstaben von *Gary, Appleton & Bishop*, weil ich hoffte, es würde mir Glück bringen. Wenn Mr Appleton zu dem Schluss käme, dass er nichts würde tun können, hätte ich niemanden mehr, an den ich mich wenden konnte. Dass er meinem Problem so viel Zeit und Aufmerksamkeit schenkte, war sowieso schon ein Wunder. Und ich wusste, wie viel Glück ich hatte, so weit gekommen zu sein. Mehr Möglichkeiten gäbe es nicht. Mehr konnte ich nicht tun.

Als die Uhr in der Eingangshalle zwei Minuten vor fünf Uhr zeigte, nahm ich den Lift in den zwölften Stock und ging zu

Gary, Appleton & Bishop. Dieselbe Frau hinter dem Empfangstresen sagte: »Hallo, wie schön, dich wiederzusehen.«

So nett begrüßt und überhaupt erkannt zu werden brachte mich ein wenig aus dem Konzept, gleichzeitig gab es mir aber auch Selbstvertrauen.

»Mr Appleton hat gleich Zeit für dich. Setz dich doch noch einen Moment.«

Ich wartete länger als beim letzten Mal, und je länger ich wartete, desto nervöser wurde ich. Außer mir saßen noch zwei Männer in dem Raum und guckten mich komisch an, als würden sie denken: Was macht der kleine Rotzbengel hier? Wahrscheinlich waren sie irgendwelche hohen Tiere und besaßen Passagierschiffe oder einen Haufen Frachter.

Die Frau am Empfang sagte zu den Männern: »Mr Gary hat jetzt Zeit für Sie.« Sie erhoben sich und gingen zu der Tür, auf der Mr Garys Name stand.

Das Telefon der Empfangsdame klingelte und sie sagte: »Ja, Mr Appleton. Mach ich sofort.« Sie stand auf und brachte einige Unterlagen in Mr Appletons Büro. Als sie wieder rauskam, ging sie zu mir und sagte: »Er ist gleich so weit.«

Und so war es dann tatsächlich. Nachdem mehrere Männer sein Büro verlassen hatten, trat Mr Appleton heraus und holte mich. Er war genauso freundlich wie beim ersten Mal. Wir setzten uns auf das Ledersofa in seinem Büro und dieselbe Dame wie beim letzten Mal, wahrscheinlich seine Sekretärin, brachte uns

Cola mit Eiswürfeln in Kristallgläsern. Mr Appleton hob sein Glas in meine Richtung, wir stießen an und tranken.

»Du warst in letzter Zeit sehr beschäftigt, stimmt's?«, fragte er.

»Ja, Sir. Ich habe viel detektiviert, aber ich habe auch viel Hilfe von anderen bekommen. Ich habe alles da, ein Teil ist in meinem Notizbuch, den Rest habe ich im Kopf und werde es Ihnen erzählen.«

Ich ging alles mit ihm durch, von Anfang bis Ende. Vom ersten Tag, als ich meinem Vater hinterhergeschaut hatte, wie er mit seinem *Bulova*-Uhrenkoffer zu *J & J* gegangen und wie die Kugel durchs Schaufenster gekracht war, wie die Trage mit dem Toten

in den Krankenwagen geschoben worden war, wie sie meinen Vater in Handschellen abgeführt hatten, wie Augie und ich bei *Pete's* das Gespräch von Justin und Joel mit angehört hatten und überhaupt die beiden Brüder, wie Justin aus dem Reo in den Rinnstein gekippt worden war und ich seine Brieftasche mit Catfish Kugers Namen gefunden hatte, Matt J. Pringle von *J & J*, der eigentlich Catfishs Geschäfte organisierte und Anthony Aravista hieß, Grace Dorso, die pummelige Verkäuferin bei *J & J*, die eigentlich Catfish Kugers Frau Graciella Borsolini war, Ted Dempsey, der Tote, der eine Waffe benutzt hatte, die er gar nicht hätte haben dürfen, aber den Alarmknopf nicht gedrückt hatte, den er hätte drücken sollen. Vielleicht standen die ja hinter dem rätselhaften Kürzel G.A.T. auf der Karte in Justins Brieftasche? Schließlich Bonnie Porter, die ehemalige Königin der Liebe und Schönheit des Verschleierten Propheten, die jetzt als Verkäuferin bei *J & J* arbeitete und mit dem Schauspieler Roy Delray verheiratet war, Sol Greenblatt, der Uhrmacher von *J & J*, dem ich an den Fluss gefolgt war, die mysteriöse Lady in dem Cabriolet und dass es gut möglich war, dass *J & J* eigentlich Catfish gehörte. Und wie Augie und ich das meiste davon rausgefunden hatten, indem wir in Grace' Wohnung rumgeschnüffelt hatten.

Er nahm mein Notizbuch, blätterte es durch, setzte sich dann zurück und sah mich lange an.

Ich wäre fast gestorben. Wirklich. Aber äußerlich zuckte ich nicht einmal mit der Wimper.

»Aaron, du hast ganz ausgezeichnet – wie nennst du es es? – ›detektiviert‹. Ich bin schwer beeindruckt, wie du es geschafft hast, das alles rauszufinden. Mein juristisches Gewissen verbietet es mir eigentlich, mich mit Strafsachen zu befassen, da ich in meiner beruflichen Laufbahn noch nie mit etwas anderem als mit Seerecht zu tun hatte, mit Verträgen für die Verschiffung von Gütern und Unfällen in der Schifffahrt. Aber ich möchte dir gern helfen, deinen Vater freizubekommen, weshalb ich so verrückt bin, mein juristisches Gewissen über Bord zu werfen.«

»Das würden Sie tun?« Ich sprang auf und hätte dabei fast meine Cola umgestoßen. »Oh, vielen Dank, ich danke Ihnen, Mr Appleton, tausend Dank!«

»Und so gedenke ich, vorzugehen: Ich beginne mit einer *Habeas-corpus*-Verfügung. Wie man so etwas macht, habe ich im Jurastudium gelernt, bislang selbst aber nicht ein einziges Mal angewandt. Das ist Latein, weil Anwälte dauernd Latein sprechen, um besonders wichtig zu klingen. Würdest du später auch gern Anwalt werden, Aaron?«

»Einer wie Clarence Darrow vielleicht, der all die unschuldigen Leute vor dem elektrischen Stuhl rettet? Aber noch lieber will ich Schriftsteller werden, ich habe schon mit meiner Autobiografie angefangen.«

»Wie schön! Also, *Habeas corpus* bedeutet: ›Du sollst den Körper bringen‹. Es ist ein Schriftstück, das dafür sorgt, dass dein Vater vor Gericht kommt. Dort wird der Staatsanwalt versuchen, den Richter davon zu überzeugen, dass es notwendig ist, ihn bis zum Prozess im Gefängnis festzuhalten. Und wir werden versuchen, ihn davon zu überzeugen, dass es nicht genug Gründe dafür gibt.«

»Davon werden wir ihn überzeugen!«

»Und wir werden eine *Subpoena* – noch mehr Latein – ausstellen, und zwar an alle Leute, die mit der Sache zu tun haben, also die Leute aus deinem Notizbuch.«

»Was ist eine *Subpoena*?«

»Eine *Subpoena* ist die Aufforderung, für eine Anhörung ins Gericht zu kommen. Wenn sie es nicht tun, droht ihnen eine Strafe oder Gefängnis. Das alles wird allerdings ein bisschen dauern – kommst du bis dahin klar?«

»Aber sicher. Ich habe einen sehr schönen Unterschlupf in der Siedlung an der Eads Bridge und dank meines Freundes Buddy Silverstone kann ich kleinen Kindern für zehn Cent Tennisstunden geben.«

»Kommst du damit zurecht? Ich helfe dir sonst gern aus.«

»Oh, danke, aber das geht schon. Sie sind großartig, Mr Appleton, dass Sie das alles für einen Jungen wie mich tun, den Sie gar nicht kennen und der einfach so von der Straße hereinkam.«

»Nun, Aaron, um bei der Wahrheit zu bleiben: Ich hatte einen Sohn, der war wie du, ein bisschen jünger, er hieß Ben. Er war unser einziges Kind. Wir waren die besten Kumpels, Ben und ich. Er war lustig und liebevoll und blitzgescheit. Aber als er elf war, erkrankte er an Kinderlähmung – ganz plötzlich. Er hat schrecklich gelitten. Aber nicht lange. Er ist bald gestorben, genau wie fünf andere Kinder aus seiner Klasse. Und in dir sehe ich etwas von Ben.«

»Das tut mir sehr leid für Sie, Mr Appleton. In meiner Klasse sind auch zwei Kinder an Kinderlähmung gestorben und einer hinkt seitdem.«

Er erhob sich und ich folgte ihm zur Tür.

»Wie kann ich mich mit dir in Verbindung setzen?«

Ich riss eine Seite aus meinem Notizbuch und schrieb ihm Buddy Silverstones Nummer vom Tennisplatz auf.

Mr Appleton brachte mich noch bis zum Lift. »Halt die Ohren steif«, sagte er, als sich die Tür öffnete und ich einstieg.

Dreiunddreißigstes Ereignis

Ich polierte einen Penny, steckte ihn mir als Glücksbringer in die Socke und war vor allen anderen im Gericht. Ich wollte sehen, ob die Sache mit der *Subpoena* erfolgreich gewesen war, ein Wort, das ich hatte nachschlagen müssen, um es schreiben zu können. Mich hatte Mr Appleton nicht mit einer *Subpoena* herbestellen müssen, aber er hatte mir erklärt, dass ich als Zeuge vor dem Richter aussagen und schwören müsste, die Wahrheit zu sagen, was mich sehr nervös machte. Nicht, dass ich nicht die Wahrheit sagen wollte, aber eine meiner Schwächen war, dass ich zu Übertreibungen neigte.

Als ich den Saal betrat, war erst eine einzige andere Person da, der sogenannte Gerichtsdiener. Er war am Schreibtisch des Richters zugange, legte den Hammer raus und stellte einen Krug Wasser daneben sowie ein Schild, auf dem »Richter Harley J. Honeywell« stand.

Ich fand, der Name klang, als würde er Glück bringen.

Dann trudelten sie alle ungefähr gleichzeitig ein mit ihren *Subpoenas*. Die *J & Js* – Joel und Justin –, die pummelige Grace Dorso, Bonnie Porter mit Roy Delray, Matt J. Pringle mit der schönen Lady, die, wie ich herausfand, Veronica Wister hieß, und Sol Greenblatt. Ich saß in der letzten Reihe und niemand schaute in meine Richtung. Als Mr Appleton den Raum betrat, kam er direkt zu mir und setzte sich neben mich.

»Nervös?«

»Na ja, schon«, gab ich zu.

»Musst du nicht. Sei einfach du selbst. Wenn dich der stellvertretende Staatsanwalt etwas fragt, was dir Schwierigkeiten bereitet, dreh dich einfach zu mir und ich helfe dir.«

Der Gerichtsdiener forderte alle auf, die aufgrund einer *Subpoena* hier waren, nach vorn zu kommen und auf den Stühlen vor der Bank des Richters Platz zu nehmen. Ich sollte mich mit Mr Appleton an einem Tisch vor den Stühlen niederlassen. Auf der anderen Seite stand noch so ein Tisch, an dem der stellvertretende Staatsanwalt saß. Er war ein großer, dürrer Mann mit einem buschigen schwarzen Schnurrbart, einem spitzen Adamsapfel, der aus einem sehr langen Hals hervorragte, und buschigen Koteletten. Wenn ich mir vorstellte, dass er mich mit Fragen bombardieren würde, gefror ich innerlich.

Der Gerichtsdiener sagte: »Erheben Sie sich. Ich bitte um Ruhe. Vorsitzender Richter ist Harley J. Honeywell.«

Der Richter war ein kleiner Mann mit einem dichten weißen Haarschopf und rötlicher Haut. Er lächelte uns an und sagte dann, wir sollten uns setzen. Er trug einen schwarzen Anzug mit roter Fliege, aber keine Robe.

»Guten Morgen alle miteinander«, begann er.

Wir sagten ebenfalls: »Guten Morgen.«

»Dies ist eine Anhörung«, fuhr er fort, »infolge von Mr Appletons *Habeas-corpus*-Verfügung bezüglich der Sicherheitsverwahrung des Herrn Frederick Broom als Hauptzeugen im Zusammenhang mit den noch laufenden Ermittlungen zu dem Schusswechsel, der mit dem Tod eines gewissen Ted Dempsey endete. Beweisregeln gibt es nicht, Hörensagen ist erlaubt, neben Rechtsanwalt Appleton und dem stellvertretenden Staatsanwalt Percy Quince wird auch das Gericht die Zeugen befragen. Gerichtsdiener, bitte bringen Sie Frederick Broom.«

Als der Gerichtsdiener die Tür hinter dem Richter öffnete, klopfte mir das Herz bis zum Hals und ich sprang auf, sobald mein Vater von einem Polizisten in Uniform hereingeführt wurde. Er trug zwar keine Handschellen, aber er war unrasiert und wirkte grau und faltig. Ich rannte zu ihm und wir umarmten uns, hielten uns so fest, als wollten wir uns nie mehr loslassen.

Percy Quince stand auf und erhob Einspruch.

»Einspruch wogegen, Mr Quince? Dass sich ein Vater und sein Sohn lieb haben?«, fragte der Richter.

Der Polizist brachte meinen Vater zu einem Stuhl direkt vor

dem Richter. Mein Pop war ein ordentlicher Mensch, rasiert und sauber gekleidet zu sein war ihm wichtig. Ich hatte ihn noch nie in einem so jämmerlichen und heruntergekommenen Zustand gesehen.

Der Richter bat den Gerichtsdiener, alle zu vereidigen. Der Gerichtsdiener nahm eine Bibel und sagte, wir sollten uns erheben, die Hand heben und schwören, die Wahrheit zu sagen, die ganze Wahrheit und nichts als die Wahrheit, so wahr uns Gott helfe.

Wir alle sagten, das würden wir.

Der Richter erklärte, er habe die Akte des stellvertretenden Staatsanwalts über den Fall gelesen und sei mit allen Fakten vertraut, sodass es nun vor Gericht nur darum gehe, dass Quince begründete, warum Frederick Broom ein unerlässlicher Zeuge war, der in Gewahrsam gehalten werden musste.

Quince ging zu meinem Vater und stellte sich dicht vor ihn. »Euer Ehren«, sagte er. »Ich glaube, es ist wichtig, festzuhalten, dass Mr Broom auch früher schon gegen das Gesetz verstoßen und ein langes Vorstrafenregister hat. Drei Mal ist er für Stromdiebstahl verhaftet worden, zwei Mal verwarnte man ihn und beim dritten Mal ist er zu dreißig Tagen Gefängnis verurteilt worden, was ausgesetzt wurde.«

»Wie hat er den Strom denn gestohlen?«, wollte der Richter wissen.

»Er hat die Kabel vom Zähler in seiner Wohnung abgetrennt

und sie auf der anderen Seite verbunden. Damit hat er den Stromversorger um sein Geld betrogen.«

Mein Vater meldete sich zu Wort: »Wir hatten einfach nichts, um den Strom zu bezahlen, Euer Ehren, und …«

»Mr Broom, Sie bekommen noch die Gelegenheit, zu sprechen, wenn Ihr Anwalt Ihnen Fragen stellt«, unterbrach ihn der Richter.

»Ich danke Ihnen, Sir«, sagte Quince. »Außerdem hat Mr Broom Wohnungen verlassen, die er gemietet hatte, ohne die noch ausstehende Miete zu begleichen. Darüber hinaus ist Mr Broom stark mit den Zahlungen für ein Ford-Automobil im Verzug und weigert sich, das Fahrzeug – trotz richterlicher Anordnung – herauszugeben. In den derzeitigen Fall war Mr Broom insofern involviert, als er dem Schützen bei *J & J Jewelers* half, in das Geschäft zu gelangen, und ihm den Beutel hielt, den der Täter mit Schmuck füllte. Nicht zuletzt wies er, bevor er in das Geschäft ging, seinen Sohn Aaron an, der in dem bereits erwähnten Ford saß, sich für eine schnelle Flucht bereitzuhalten.«

Mein Vater wollte schon widersprechen, aber Quince schnitt ihm das Wort ab. »Ihr Zeuge, Mr Appleton«, sagte er.

Mr Appleton erhob sich. »Mr Broom, kannten Sie den Mann, der sich hinter Ihnen in das Geschäft gedrängt hat? Hatten Sie ihn jemals zuvor gesehen?«

»Nein, Sir, ziemlich sicher nicht«, antwortete mein Vater.

»Haben Sie Ihren Sohn gebeten, sich für eine schnelle Flucht bereitzuhalten?«

»Ja, für den Fall, dass er die beiden Beschlagnahmer sehen würde, die uns den Ford wegnehmen wollten.«

»Sind Sie Staatsbürger dieses Landes?«

»Ja, Sir.«

»Ist Broom Ihr ursprünglicher Name?«

»Nein, als ich herkam, sprach ich kein Englisch und der Mann von der Einwanderungsbehörde fand meinen polnischen Namen zu schwierig. Er meinte, ich sollte ihn ändern, und machte Broom daraus.«

Der Richter wandte sich den Leuten von *J & J* zu. »Grace Dorso, Sie haben in dem Geschäft gearbeitet, als Mr Broom reinkam?«

»Ja, Sir.«

»Haben Sie etwas gehört oder gesehen, was Sie glauben ließ, dass Mr Broom den Mörder kannte?«

»Nun ja ... Als er sagte, Mr Broom sollte den Beutel für ihn halten, sagte Mr Broom etwas, was klang wie: ›Okay, George.‹«

»Hat das noch jemand gehört?«, fragte der Richter.

»Ich glaube, ich«, meldete sich Matt Pringle zu Wort. »Es ging alles so schnell.«

»Ich habe nichts gehört«, sagte Sol Greenblatt. »Mr Brooms Hände zitterten und er wirkte viel zu verängstigt, um auch nur irgendwas zu sagen.«

»Was ist mit Ihnen, Bonnie Porter?«, fragte der Richter.

»Ja, ja, ich habe ihn was sagen hören, aber ich war zu nervös, um mitzubekommen, was es war.«

Der Richter wandte sich Roy Delray zu. »Und wer sind Sie, Sir? Waren Sie auch in dem Geschäft?«

»Nein, Euer Ehren«, sagte Roy. »Ich bin ihr Ehemann und kann Ihnen versichern, dass sie an dem Abend das reinste Nervenbündel war. Und sie hat mir erzählt, der Killer und Mr Broom steckten unter einer Decke.«

»Aaron Broom«, rief der Richter plötzlich und ich machte mir vor Schreck fast in die Hosen. »Wie alt bist du?«

Mit Mühe brachte ich heraus: »Fast dreizehn.«

»Du weißt, dass du auf die Bibel geschworen hast, die Wahrheit zu sagen?«

»Ja, Euer Ehren, und das tue ich immer.«

»Gut. Bevor er aus dem Ford ausgestiegen ist, um zu *J & J* reinzugehen, hat dein Vater da angedeutet, dass er jemanden treffen wollte, der mit ihm dort reingehen würde?«

»Nein, Sir.«

»Hat er etwas von irgendwelchen Diamanten erwähnt?«

»Nein, Sir. Er hat nur davon geredet, dass er hofft, einige von den *Bulova*-Uhren zu verkaufen.«

»Hat er irgendwas davon gesagt, dass ihr später, nach seiner Rückkehr, jemanden mit dem Ford abholen würdet?«

»Nein Sir, nichts in die Richtung.«

Quince kam dicht zu mir. »Hat dein Vater dir sonst immer von seinen Plänen erzählt, mit wem er sich geschäftlich trifft zum Beispiel?«

»Nein, ich habe nur im Ford Ausschau gehalten. Aber der *Bulova*-Job war auch noch ganz neu, deshalb gab es noch nicht viel zu erzählen.«

»Hatte er schon was verkauft?«

»Nein, noch nicht.«

»Dein Dad brauchte also Geld?«

»Klar, wie alle anderen auch.«

»Hat dein Dad darüber gesprochen, sich mit jemand anderem zusammenzutun, um zu Geld zu kommen?«

Mr Appleton stand auf. »Euer Ehren, ich erhebe Einspruch gegen diese Art von unspezifischer Ausforschung eines Zwölfjährigen.«

»Stattgegeben. Das ist zu allgemein, Mr Quince«, sagte der Richter und wandte seine Aufmerksamkeit Justin und Joel zu. »War jemand von Ihnen im Geschäft, als der Überfall stattfand?«

Sie sagten aus, sie seien nicht da gewesen. Der Richter fragte sie nach dem Wert des gestohlenen Schmucks.

»Daran arbeiten wir noch mit der Versicherung«, sagte Justin, »aber es sind mindestens fünf- bis sechshunderttausend.«

»Das meiste davon Diamanten?«

»Ja, Euer Ehren.«

»Mr Broom«, sagte der Richter zu meinem Vater, »der ermittelnde Kommissar berichtet, dass Sie sich nicht sehr kooperativ zeigen. Sie haben keinerlei Auskünfte über den Täter geliefert, dem Sie geholfen haben, den Schmuck aus der Vitrine zu holen. Unter Berücksichtigung der Zeugenaussage von Grace Dorso, Matt Pringle und Bonnie Porter, dass Sie den Täter gekannt zu haben scheinen, bin ich deshalb gezwungen, Sie weiter als Hauptzeugen in Gewahrsam zu behalten.«

Ich sprang auf und stieß dabei den Stuhl um. »Nein, Euer Ehren, bitte, ich will unbedingt, ich meine, ich würde gern einige Dinge sagen, die sehr wichtig sind. Bitte!«

Mr Appleton legte den Arm um meine Schulter. »Herr Vorsitzender«, sagte er. »Ich habe diesen Fall übernommen, weil dieser bemerkenswerte Junge zu mir kam und einige Dinge aufgedeckt hat, die sich auf die Beurteilung der Ereignisse auswirken dürften.«

Percy Quince sprang auf. »Das ist doch lächerlich, Euer Ehren, ein zwölfjähriger Junge …«

»Euer Ehren«, ging Mr Appleton dazwischen, »ich würde mich gern kurz mit meinem Mandanten beraten.«

»Nur zu«, sagte der Richter.

Den Arm um meine Schulter gelegt, führte mich Mr Appleton durch den Saal und die Schwingtür hinaus auf den Gang. Er ermutigte mich und riet mir: »Atme fünf Mal tief durch.« Das tat ich. »Einfach locker bleiben«, sagte er noch. Dann lächelte er mich an und ging mit mir zurück.

Vierunddreißigstes Ereignis

»Fahren Sie fort, Herr Rechtsanwalt«, sagte der Richter zu Mr Appleton, als wir an unseren Platz zurückgekehrt waren. Dann wandte er sich mir zu: »Und Sie kommen her, junger Mann, und nehmen im Zeugenstuhl Platz.«

»Euer Ehren«, sagte Mr Appleton, »ich möchte um die Anwesenheit eines Stenografen bitten, damit die Zeugenaussage festgehalten wird.«

Der Richter ließ einen Stenografen aus einem benachbarten Gerichtssaal kommen und ich stieg die Stufen zu dem großen Stuhl hinauf, der sich hinter einem kleinen Tor befand. Der Richter forderte Mr Appleton auf, fortzufahren.

»Aaron«, begann er, »nenn bitte deinen vollständigen Namen, dein Alter und deine Adresse.«

»Mein Name ist Aaron Broom, ich bin fast dreizehn. Normalerweise wohne ich mit meiner Mutter und meinem Vater im

Tremont, aber im Moment habe ich eine Hängematte in der Hooverville an der Eads Bridge.«

»Bist du dort ganz allein?«, fragte der Richter.

»Ja, Euer Ehren, die Polizei hat unsere Wohnung versiegelt und meine Mom ist im Sanatorium.«

Er wandte sich dem Gerichtsdiener zu. »Lou, bitte nehmen Sie wegen des jungen Mannes Kontakt mit dem Jugendamt auf.«

Eine Stimme hinten aus dem Saal rief: »Wir sind schon dran, Euer Ehren. Zumindest haben wir es versucht, konnten ihn aber nicht finden.«

»Wer sind Sie?«, fragte der Richter.

»Freda Muller, Jugendamt.«

Und da kam sie auch schon gruselig wie eh und je mit der Aktentasche vor der Brust den Gang heruntermarschiert. Die einzige Chance, die mir nun noch blieb, war, den Richter davon zu überzeugen, meinen Dad freizulassen. Sonst wäre es vorbei und die schreckliche Freda hätte mich in ihren Klauen.

»Gut«, sagte der Richter und nickte Mr Appleton zu. »Lassen Sie uns weitermachen.«

»Aaron, du bist zu mir gekommen, weil du wissen wolltest, was du tun kannst, um deinen Vater freizubekommen, stimmt's?«

»Ja, Sir, und Sie haben mir gesagt, der einzig sichere Weg wäre, aufzudecken, wer der Täter ist, und genau das habe ich getan – ich habe detektiviert.«

»Was hast du getan?«, fragte der Richter.

»Er hat all diese Leute ausgeforscht«, erklärte Mr Appleton, »die mit dem Juweliergeschäft zu tun haben, wo der Mord geschah, um herauszufinden, ob jemand mit dem Schützen in Verbindung steht. Aaron, dann erzähl dem Richter mal, was du ›detektiviert‹ hast.«

»Angefangen habe ich mit Sol Greenblatt, dem ich an den Fluss gefolgt bin, wo er lebt. Er hat mir viel über die anderen bei *J & J* erzählt und noch was Interessantes – dass es bei *J & J* hinter dem Tresen einen Notknopf gibt, der direkt zur Polizei geht und der bei einem Überfall statt einer Waffe benutzt werden soll.«

»Was kannst du dem Gericht über Joel und Justin Jankman erzählen, die Besitzer von *J & J*?«

»Ich habe gehört, wie sie gesagt haben, dass sie all die wertvollen Diamanten rausgenommen und dafür falsche in die Vitrine gelegt hatten, um einen guten Deal mit der Versicherung zu machen. Aber weil nun die falschen Diamanten geraubt worden sind, sind sie besorgt, dass der Dieb vielleicht selbst einen Deal mit der Versicherung machen könnte. Die Brüder brauchen das Geld jedoch, um jemanden zu bezahlen, vor dem sie Angst haben.«

»Kein Name?«, fragte Mr Appleton.

»Kein Name.«

Justin und Joel sprangen auf und riefen, dass sie einen Anwalt wollten und ich nur ein Rotzlümmel sei und so weiter und so fort. Der Richter mahnte sie mit dem Hammer zur Ordnung und befahl ihnen, sich zu setzen und den Mund zu halten.

»Herr Anwalt, Sie können weitermachen«, sagte er dann.

»Aaron, hast du rausgefunden, vor wem die Jankmans Angst haben?«

»Ja, Sir«, sagte ich. »Und zwar hatte ich gerade vor *J & J* detektiviert, als plötzlich ein schwarzer Reo vor dem Geschäft hielt und Justin aus dem Wagen in den Rinnstein gestoßen wurde. Man hatte ihn zusammengeschlagen und Augie, der an der Ecke Zeitungen verkaufte, half mir, ihn bei *Pete's* in dieses Hinterzimmer zu bringen. Später habe ich dann noch seine Brieftasche im Rinnstein gefunden und darin war eine Karte, auf der Catfish Kuger stand – und eine Telefonnummer.«

»Was habt ihr als Nächstes getan?«, fragte Mr Appleton.

»Wir sind ins Archiv der *Post-Dispatch* gegangen und haben nach Fotos gesucht und eins gefunden, auf dem Catfish neben Matt J. Pringle stand, na ja, im Gesicht sah er etwas anders aus, aber er war es trotzdem, ganz sicher. Und darunter stand auch sein richtiger Name – Anthony Aravista.«

Pringle erhob sich. »Ja, gut, ich war Catfishs Anwalt, mir wurde die Lizenz entzogen, aber ich habe meine Zeit abgesessen.«

»Und jetzt arbeitet er bei *J & J*?«, fragte der Richter.

»Ja, zusammen mit noch jemandem«, sagte Mr Appleton. »Mit Grace Dorso nämlich. Erzähl weiter, Aaron.«

»Augie und ich haben beschlossen, zu ihr nach Hause zu gehen und sie zu befragen, doch als wir ankamen, war sie nicht da. Aber ihre Wohnung war offen und da sind wir reingegangen, um uns umzusehen.«

»Sie war nicht offen, sie sind eingebrochen!«, rief Grace.

»Wir haben nichts kaputt gemacht. Wir haben uns nur umgesehen.«

»Und was habt ihr gefunden, wenn überhaupt?«, fragte Mr Appleton.

»Ein Hochzeitsbild des jungen Catfish im Smoking mit einer hübschen jungen Braut, die Grace gewesen sein könnte, bevor sie so zugenommen hat. Und auch ihr Gesicht war irgendwie verändert. Ich habe den Rahmen hinten geöffnet und darin steckte eine Heiratsurkunde.« Ich nahm mein Notizbuch aus der Tasche und las: »Gaetano Cugavelo und Graciella Borsolini.«

»Habt ihr sonst noch was gefunden?«, hakte Mr Appleton weiter nach.

»Ja, Sir, in Grace' Schreibtisch lag das Rechnungsbuch der *River Princess*, wo ein großer Betrag für Roy Delray drinstand. Als meine Freundin Ella und ich seine Frau Bonnie Porter besucht haben, hat sie uns erzählt, dass er regelmäßig auf dem Boot auftritt, und zuerst dachten wir, es könnte sein Honorar sein.«

»Und was hat euch danach anders denken lassen?«

»Es war nur eine Kleinigkeit, aber als ich in der Tram saß, sah ich einen großen, dicken Mann, der es gerade noch geschafft hatte, einzusteigen. Als er auf mich zukam, fiel mir auf, wie er ging. Weil er so dick war, rieben seine Beine beim Gehen aneinander. Das war bei dem dicken Kerl, der *J & J* ausgeraubt und dann geschossen hat, ganz anders. Der war außerordentlich leichtfüßig, als er sich hinter meinen Vater schob, und auch, als er das Geschäft wieder verlassen hat, war er flink und wendig. Deshalb kam mir der Gedanke, dass er in Wahrheit möglicherweise gar nicht so dick war.«

»Und das bedeutet was?«

»Vielleicht war er eigentlich dünn und trug nur einen speziellen Anzug, um sich dick zu machen, wie ein Weihnachtsmann mit falschem Bart und allem Drum und Dran? Aber das war mehr als ein normales Kostüm. Jeder wäre darauf reingefallen mit dem Bart, den Haaren und allem.«

»Bist du dem weiter nachgegangen?«

»Musste ich ja. Das mit Catfish und Grace und Pringle hatte ja den Mörder noch nicht entlarvt und ich wusste, dass mein Pop im Gefängnis bliebe, bis der Täter gefunden wäre. Deshalb habe ich versucht, herauszufinden, wo der Mörder den Anzug, den Bart und den Rest hergehabt haben könnte. Ich bin zu *Scruggs* gegangen und dort haben sie in einer Abteilung tatsächlich vor Kurzem ein Hemd und einen Overall in Übergröße verkauft, aber die Verkäuferin konnte sich nicht erinnern, an wen.«

»Was geschah als Nächstes?«

»Was Gutes. Ich ging mit meiner Freundin Ella zu Bonnie Parker, um uns mit ihr zu unterhalten. Sie ist mit dem Schauspieler

Roy Delray verheiratet, der im *Muny* in *Die lustigen Weiber von Windsor* den Falstaff spielt. Ihr Vater ist so ein hohes Tier, der irgendwann früher mal der geheime Verschleierte Prophet war, und Bonnie selbst war die Königin der Liebe und Schönheit beim Ball des Verschleierten Propheten. Sie hat uns Karten für das *Muny* geschenkt. Ich hatte das Stück zuvor nie gesehen, aber als Roy in Fallstaffs gewaltigem ausgestopftem Anzug auf die Bühne trat, klingelten bei mir alle Alarmglocken. Das *Muny* hält seine Kostüme verschlossen, dort konnte er sich also nichts besorgt haben. Ich bin auch bei den Verschleierten Propheten gewesen, um mehr über die vielen Kostüme zu erfahren, die sie haben. Aber da war alles so geheim, dass sie nicht mit mir sprechen wollten.«

Roy Delray stand von seinem Stuhl auf und zeterte, während er nach vorn kam, dass es einfach nur lächerlich sei, irgendeinem dahergelaufenen Gossenkind zu glauben. Warum sollte er so etwas tun, er verdiente doch gut beim Radio und als Schauspieler! »Wir sind wohlhabende Leute!«, behauptete er.

Der Richter schlug mit dem Hammer auf den Tisch und der Gerichtsdiener brachte Roy zu seinem Platz zurück.

»Ich möchte nichts mehr von Ihnen hören, Mr Delray, hier kann nicht jeder einfach tun und lassen, was er will. Haben Sie mich verstanden?«, fragte der Richter. Dann wandte er sich wieder mir zu. »Ich weiß, dass du deinem Vater helfen willst, junger Mann, aber …«

»Bitte, Euer Ehren, der Zeuge hat noch eine letzte Sache, die

Sie wissen sollten. Er hat es mir heute Morgen erzählt«, unterbrach ihn Mr Appleton.

»Na gut. Aber dann ist Schluss.«

»Gestern Abend lag ich in meiner Hängematte«, sagte ich, »und schaute in den Himmel, als es mir plötzlich wie Schuppen von den Augen fiel: Beim Verschleierten Propheten haben sie mich nicht eingelassen und gesagt, nur Mitglieder hätten Zutritt. Aber Bonnie Porter ist dort ein Star, sie war die Königin der Lie-

be und Schönheit und ist sicher Mitglied. Und deshalb hatte Mr Delray den ausgestopften Anzug von dort und die Perücke und den Bart auch …«

Bonnie drehte sich zu Roy. »Ich hab dir doch gesagt, dass sie es rausfinden! Aber du wolltest ja nicht auf mich hören! Sie wissen Bescheid! Sie wissen alles!«

Roy sprang auf, zeigte mit dem Finger auf Pringle und rief: »Es ist alles deine Schuld! Er hat mir gedroht, sein Schläger würde mir die Arme brechen, wenn ich nicht pronto bezahle!«

»Wenn du im Casino auf dem Boot spielst, dann zahlst du deinen Einsatz oder es kommt dich teuer zu stehen!«, rief Pringle. »Catfish hat dich gewarnt!«

»Das war doch alles eine krumme Sache! Das ganze Boot ist ein einziger fauler Schwindel! Deshalb musste ich die Diamanten stehlen, um sie zu versetzen und an dein Blutgeld zu kommen …«

»Das waren alles Anweisungen von ihr!«, rief Pringle und blickte zu Grace.

»Nicht von mir«, sagte Grace zu dem Richter. »Catfish erteilt die Anweisungen, wenn ich ihn besuche. Seine Jungs behalten mich im Auge und sorgen dafür, dass alles an Veronica geht.«

»Aber ihr gebt mir nicht alles, was mir zusteht«, meldete sich Veronica Wister, die Schönheit aus dem Cabriolet, zu Wort. »Ihr beide zweigt euch was ab von dem, was er mir zugedacht hat.«

»Du kannst froh sein, zu kriegen, was du kriegst«, sagte Grace. »Ich bin seine Frau. Ich bin diejenige, die es verdient …«

»Aber ich war für ihn mehr, als du es je gewesen bist.«

»Was warst du denn? Sein Mädchen für gewisse Stunden, sein Spielzeug.«

»Ihr seid doch allesamt Ganoven, wie ihr euch bei uns reingedrängt habt«, rief nun Justin. »Ihr habt euch Zugang zu unserem Geschäft verschafft …«

»Er hat gesagt, ich würde das Geschäft kriegen«, sagte Veronica an den Richter gewandt.

»Hat er nicht!«, widersprach Grace. »Als seine Frau war ich diejenige …«

»Unsinn! Catsy hat gesagt: ›Liebes, das ist dein Notgroschen, bis ich mich hier rausgekauft habe.‹«

Die beiden Frauen waren aufgesprungen und standen einander nun direkt gegenüber. Grace schubste Veronica so kräftig, dass diese hinfiel. »Das ist gelogen! Erstunken und erlogen! Du hast ihm gar nichts bedeutet! Null, nada, niente! Ein Flittchen bist du, mehr nicht …«

Veronica, die wieder auf den Beinen war, fiel über Grace her und sie landeten beide ineinander verkeilt auf dem Boden. Sol, Joel, der Polizist und der Gerichtsdiener versuchten, sie voneinander zu trennen, während der Richter mit seinem Hammer so fest auf den Tisch schlug, dass der Griff in zwei Teile brach. »Ruhe im Gericht! Ruhe im Gericht bitte!«

Schließlich ließ die Aufregung nach und die Damen wurden wieder auf ihre Stühle gesetzt. Ihre Kleidung hatte Risse und ihr Haar war zerzaust.

Percy Quince ging zum Richter. »Euer Ehren, der Staatsanwalt und seine Leute sind auf dem Weg. Bis dahin bleiben alle sitzen und niemand verlässt den Saal.«

Der Polizist zog sogar seine Pistole.

»Unter diesen Umständen, Euer Ehren, fordere ich Frederick Brooms Freilassung aus dem Gefängnis«, sagte Mr Appleton.

Der Richter, der sich mit dem Taschentuch den Schweiß von der Stirn wischte, sagte: »Dem wird stattgegeben.«

Und so kam es, dass Mr Appleton, mein Vater und ich das Gericht gemeinsam verließen. Auf der Straße blickte ich zu Mr Appleton auf, der mich anlächelte. Ich nahm seine Hand und schüttelte sie.

»Sie sind ein wunderbarer Mensch, Mr Appleton.«

»Das sind Sie, Sir«, meinte auch mein Vater.

»Mir hat es genauso viel bedeutet wie dir«, sagte Mr Appleton und öffnete die Tür seines Wagens, der am Straßenrand stand. »Melde dich, wenn ich noch irgendwie behilflich sein kann. Kann ich euch irgendwohin bringen?«, fragte er.

»Wir sind schon am Ziel«, sagte ich.

Er stieg ein und lächelte mir beim Wegfahren durch die Scheibe zu.

»Lass uns bei *Gino's* eine gute italienische Mahlzeit zu uns nehmen«, sagte mein Vater. »Und dann holen wir Bertha und fahren zu Mom.«

»Gern, Pop, aber können wir bitte lieber zu *Garavelli's* als zu *Gino's* gehen?«

Fünfunddreißigstes Ereignis

Nach dem Mittagessen, das wir beide sehr genossen, wollte mein Vater so schnell wie möglich Bertha holen und nach *Fee-Fee* fahren. Aber als wir an einem Geschäft vorbeikamen, hielt ich ihn am Arm fest, damit er stehen blieb und wir unser Spiegelbild im Schaufenster betrachten konnten. »Wenn Mom uns so sieht, dich mit dem strubbeligen Bart und dem Anzug, den du die ganze Zeit im Gefängnis anhattest und in dem du geschlafen hast, und mich, zerlumpt wie ich bin – schau uns doch an! –, Mom wird in Ohnmacht fallen.«

»O Gott«, sagte er, als er in die Fensterscheibe blickte. »Im Gefängnis gab es keinen Spiegel. Lass uns erst nach Hause gehen und uns schön machen.«

Als ich dann mit meinem Pop, der seit dem wunderbaren Mittagessen bei *Garavelli's* so viel geredet hatte wie noch nie, in der Tram saß, wurde mir erst richtig bewusst, dass ich nicht mehr allein war. Ich hatte mich den Berg hochgekämpft und lief nun locker auf der anderen Seite wieder hinunter.

Das Polizeisiegel an der Tür war weg und meine Ersparnisse befanden sich noch in der *Fatima*-Zigarettendose. Während sich mein Pop den Bart rasierte, genoss ich eine warme Dusche, bei der ich mich von Kopf bis Fuß mit *Lifebuoy*-Seife einschäumte. Es war, als würde ich alles Schlechte, was seit der Schießerei bei *J & J* passiert war, von mir abwaschen und in den Abfluss spülen.

Bevor wir losgingen, um Bertha zu holen, sah mein Vater noch den Stapel Rechnungen und Reklamebroschüren durch und fand darin zwei wichtig aussehende Briefe. Einen von *Bulova*, in dem stand, dass *J & J* den Koffer an sie zurückgeschickt hätten, der meinem Vater anvertraut worden war; wegen dieses nachlässigen Verhaltens, hieß es in dem Brief, sei er fristlos entlassen. Damit war also unsere einzige Hoffnung dahin, wenigstens einige von den Rechnungen bezahlen zu können. Wobei der andere Brief diese Hoffnung dann wieder weckte, da er von einer neuen Behörde kam, die *Work Progress Administration* hieß und die Präsident Roosevelt ins Leben gerufen hatte. »Sehr geehrter Herr Broom, wir freuen uns, Sie darüber informieren zu dürfen, dass Ihre Bewerbung für die staatliche Arbeitsbeschaffungsmaßnahme erfolgreich war. Ihr Ansprechpartner in unserem Büro in St Louis ist …«

»Gefeuert und geheuert, so schnell kann's gehen.«

Als wir Bertha vom Hof des Gebrauchtwagenhändlers holten, wo sie hinter dem Reifenberg auf uns wartete, meinte der Händler, der Motor sei noch ganz gut in Schuss. Aber alle vier Reifen seien hinüber und müssten erneuert werden, genau wie die Scheibenwischer und die Bremsbeläge, und der Kühler tropfte.

»Nun«, sagte mein Vater, »um ehrlich zu sein, im Moment tun mein Sohn und ich uns schwer, auch nur das Geld fürs Benzin zusammenzukratzen. Aber sobald ich mit meiner Arbeit über das neue Programm angefangen habe, komme ich her, um die gute alte Bertha wieder fitmachen zu lassen.«

So wie er »mein Sohn und ich« sagte, wusste ich, dass meine geheimen Ersparnisse in der Zigarettendose in Gefahr waren. Aber sei's drum, ich hatte meinen Pop wieder und duftete nach *Lifebuoy*-Seife.

Auf dem Weg nach *Fee-Fee* mussten wir zwei Mal anhalten, um in dem tropfenden Kühler Wasser nachzufüllen. Doch das konnte unsere Freude, Mom zu sehen, nicht dämpfen. Als wir, geschniegelt und gebügelt, wie wir waren, die Wiese betraten, über der sich der Balkon mit ihrem Bett befand, war es dort leer. *Leer!* Ich hielt mich an meinem Vater fest. »O nein, bitte nicht!«, rief er. Ich selbst war zu erschüttert, um auch nur irgendeinen Laut von mir zu geben. Geradezu erstarrt. Mein Vater sagte, er würde am Empfang fragen und ich sollte auf der Wiese warten. Aber als er sich gerade auf den Weg machen wollte, war ein lautes Klopfen an einem der halb geöffneten Fenster zu hören. Und als wir dorthin guckten, war es Mom, die offenbar inzwischen aufstehen und rumlaufen durfte, was bedeutete, sie würde bald nach Hause kommen.

Bestens gelaunt tauschten wir uns aus und tatsächlich trieb es mir kurz die Tränen in die Augen, sie in ihrem Sommerkleid zu sehen, wie sie fröhlich mit meinem Vater plauderte. Dass es ein bisschen schwierig war, sich zu verständigen, weil so viele Leute auf der Wiese standen, die sich mit anderen Patienten unterhielten, störte niemanden. Aus dem Moment, in dem wir dem Tod ins Auge geblickt hatten, war letztlich ein Moment der Freude geworden.

Sechsunddreißigstes Ereignis

Die Leute von der neuen Behörde meinten, es dürfte ungefähr drei Wochen dauern, bis sie eine Arbeit für meinen Vater gefunden hätten. Das Gehalt stand noch nicht fest, er sollte sich aber in der Zwischenzeit bei der Ausbildungsabteilung melden. In unserer Familienkasse, einer Keksdose über dem Herd, befand sich nur noch sehr wenig Geld, praktisch gar keins. Wie ich mir schon gedacht hatte, waren meine Ersparnisse für das Benzin draufgegangen, um nach *Fee-Fee* und zurück zu kommen. Mit dem, was ich noch in meiner Kappe hatte, und den paar Pennys, die Pop in seinem Portemonnaie fand, kauften wir ein bisschen was zu essen. Aber was war mit der Miete (stark im Verzug), den hohen Kosten für das Sanatorium und den Strom- und Gasrechnungen (nachdem das mit dem Zählerabkneifen endgültig vorbei war)?

Als ich gerade allein am Küchentisch saß und mich die Krise

doch wieder richtig runterzog, läutete es an der Tür. Ich linste durch den Spion und sah einen Schupo. Was nun? Ich geriet in Panik – was sollte ich tun? Vielleicht einfach nicht aufmachen und durch die Hintertür fliehen, aber wohin? Es läutete noch einmal. Sie wussten, dass ich da war, wahrscheinlich hatten sie auch jemanden am Hinterausgang postiert. Auf das Schlimmste gefasst, öffnete ich die Tür. Der Schupo war nicht allein. Neben ihm standen ein Mann mit einem Fotoapparat sowie zwei Männer in Anzügen.

»Bist du Aaron Broom?«, fragte der Polizist.

»Ja, Sir«, sagte ich. Meine Knie zitterten wie Kastagnetten.

»Wir würden gern reinkommen.«

»Klar, kommen Sie rein«, sagte ich.

Ich stand komplett neben mir. In unserem Wohnzimmer war es durch mein Schrankbett ziemlich eng, insofern war es jetzt ganz schön voll dort.

»Aaron«, begann der Polizist, der Sterne auf seinem Kragen hatte und deshalb wahrscheinlich nicht Schupo, sondern was Höheres war. »Folgende Botschaft habe ich vom Bürgermeister von St. Louis für dich.« Er rollte ein Papier auseinander und las mir vor, was darauf stand, während der Mann mit dem Fotoapparat Bilder machte: »Die Stadt St. Louis gratuliert Mr Aaron Broom, der durch sein mutiges Vorgehen den Behörden wichtige Informationen geliefert hat, welche zur Verhaftung eines Mörders und Strafanzeigen wegen gesetzeswidrigen Verhaltens gegen einzelne Personen führten. Gezeichnet Bernard F. Dickmann, Bürgermeister.«

Dann öffnete er eine kleine Schachtel, in der sich eine Anstecknadel befand, die er an meinem Hemd befestigte. Sie war aus Ebenholz und darauf stand in Goldbuchstaben: »Lob der Tapferkeit«, darunter war das Wappen der Stadt St. Louis.

Einer der beiden Männer im Anzug nahm den Platz des Polizisten neben mir ein, während der Fotograf fleißig weiter knipste. »Aaron«, sagte er. »Ich bin George Rogers von der *Reliable Insurance Company*. Es ist mir eine Ehre, dir als Belohnung diesen Scheck über fünfhundert Dollar überreichen zu dürfen, mit dem unsere Versicherung deinen Dienst für die Gesellschaft anerkennt. Junge Männer mit einem Sinn fürs Gemeinwohl sind es, die die Sicherheit in unserem Land gewährleisten.« Er schüttelte mir die Hand und überreichte mir den Scheck. Tatsächlich: fünfhundert Dollar, eine Fünf mit zwei Nullen dahinter.

Der zweite Mann notierte sich etwas in einem Notizbuch, auf dem *»Post-Dispatch«* stand, und der Fotograf bat alle, sich für ein Gruppenfoto zu mir zu stellen. Ich wusste nicht, wo mir der Kopf stand, und fühlte mich, als würde ich in der Achterbahn im Forest Park sitzen.

Auch die anderen schüttelten mir die Hand und klopften mir auf den Rücken, dann gingen sie. Nur der Reporter von der *Post-Dispatch* blieb noch eine Weile und stellte mir Fragen. Was ich antwortete, notierte er sich in seinem Buch.

Nachdem auch er fort war, nahm ich das Anerkennungsschreiben des Bürgermeisters, den Fünfhundert-Dollar-Scheck und meine Tapferkeitsnadel und ging zum Badezimmerspiegel, um mich damit anzusehen. Ein strahlendes Lächeln machte sich auf meinem Gesicht breit. Es bestand kein Zweifel, Hilda Levys Seele war irgendwo hier in der Nähe und erinnerte mich daran, dass einen das Unerwartete jederzeit erwarten kann.

Siebenunddreißigstes Ereignis

Wenn du statt 50 Cent in der Kappe plötzlich 500 Dollar in der Tasche hast und ein Bild von dir auf der Vorderseite der *Post-Dispatch* prangt, dann ist es, als wenn ein Tiefseetaucher zu schnell hochkommt und mit dem Druckabfall nicht zurechtkommt. Das hatten wir in Biologie gelernt. Ich dachte, nachdem mein Bild in der *Post-Dispatch* abgedruckt wäre, würden alle angelaufen kommen und ein Autogramm haben wollen, aber letztlich scherte sich weder auf dem Tennisplatz noch in der Tram auch nur irgendjemand darum.

Wer aber vor Stolz fast platzte, war mein Vater, der die Zeitung mit sich herumtrug und sie jedem unter die Nase hielt, dem er begegnete, egal, ob er die Person kannte oder nicht. Es war mir sehr unangenehm.

Die Zeitung berichtete auch ausführlich über Catfishs zahlreiche Beziehungen – zum Glücksspiel auf der *River Princess*, zu

Pete's und dem Juwelier –, die alle mithilfe von Matt J. Pringle, der eigentlich Anthony Aravista war, und Grace Dorso, seiner Frau Graciella Borsolini, von Dannemora aus gelenkt wurden. Aber was nun mit ihnen passierte, interessierte mich nicht. Ich war durch mit all dem und hatte damit abgeschlossen.

Mein Dad war wild entschlossen, eine Geburtstagsfeier für mich auszurichten. Um all die Krisenjahre wettzumachen, in denen wir meinen Geburtstag nicht gefeiert hatten. Denn für eine Feier brauchte man Kuchen, Kerzen, Geschenke, Musik, Spiele, Kleidung und Freunde, und all das hatte man nicht, wenn man elf verschiedene Schulen besucht hatte und von einem Vermieter nach dem anderen vertrieben wurde. Doch nachdem nun dank der *Reliable Insurance Company* alle Rechnungen beglichen waren und Bertha ihre Verjüngungskur gekriegt hatte, begann mein Pop, Papiergirlanden aufzuhängen, und kam richtig in Stimmung.

Von meiner Mom hatte ich eine prächtige Geburtstagskarte erhalten, die sie im Sanatorium in der Therapie selbst gebastelt hatte, was es doppelt traurig machte, dass sie nicht an meiner Party teilnehmen konnte. Traurig war auch, dass Augie nicht da war, aber er hatte ebenfalls eine Karte geschickt und geschrieben, dass es ihm in Keokuk gut ging. Er züchtete dort mit den drei Söhnen des Cousins seines Vaters Gurken und legte sie in Fässern mit Salzlauge ein, um sie dann an Lebensmittelgeschäfte zu verkaufen. Mein Ding wäre das nicht, aber es war schön, zu wissen, dass er sich wohlfühlte. Ich schrieb ihm einen langen Brief zurück und legte einen ordentlichen Batzen meiner Belohnung bei. Außerdem besorgte ich einen neuen, glänzenden und rauchfreien Herd für Vernon und für Arthur fand ich auch eine passende Kleinigkeit.

Der Tag meines Geburtstags war so heiß wie alle anderen, aber mein Pop hatte einen großen Ventilator ausgeborgt und ins Fenster gestellt, der wenigstens ein bisschen half. Auch er schenkte mir eine hübsche Karte und sein wertvolles silbernes Taschenmesser, das er von seinem Vater bekommen hatte. Ich war sehr gerührt, aber als ich ihn umarmen wollte, reichte er mir nur schnell die Hand. Und dann kam noch eine Karte von Mr Appleton, auf der stand: »Wenn du dich eines Tages entscheiden solltest, Jura zu studieren, ist bei mir immer eine Stelle für dich frei.«

Ella und Mrs McShane trafen als Erste ein und brachten Pappteller und einen Topf von dem leckeren Chili con Corny mit, außerdem ein T-Shirt, auf dem stand: »Du bist der Beste.« Buddy Silverstone kam mit einem fast neuen *Bill-Tilden*-Tennisschläger, den er selbst bespannt hatte. Sein Grammofon und einige Platten hatte er auch dabei. Sobald er die erste Scheibe aufgelegt hatte, »Pennies from Heaven«, fingen alle an, mitzusingen und zu tanzen. Als Vernon und Arthur zu uns stießen, war die

Party schon in vollem Gange. Vernon hatte einen Karottenkuchen mit Erdnüssen darauf gebacken. Arthur hatte einen Weidenkorb mit Deckel unter dem Arm mitgebracht, den er vor der Tür stehen ließ. Mein Pop servierte kalte Drinks, die er selbst erfunden hatte. Es war einfach die beste Party, die man sich vorstellen konnte. Ella riss mit ihrer schönen Stimme die anderen beim Singen mit, Buddy tanzte mit Mrs McShane und Vernon und Arthur klopften den Rhythmus dazu.

Kurz zog ich Ella zur Seite und sagte, mein schönstes Geschenk sei, dass ich ihr in der Apotheke einen großen Vorrat an Epilepsie-Medikamenten würde besorgen können. Sie bekam den Mund gar nicht mehr zu und umarmte mich und wir beide drückten unsere Wangen aneinander und weinten ein wenig.

Mrs McShane servierte Brötchen zu ihrem Chili con Corny, mit denen alle die Soße von den Papptellern wischten.

Dann stellte Vernon den Kuchen in die Mitte des Tisches und dekorierte ihn mit dreizehn Kerzen plus einer fürs Leben zusätzlich, die er noch nachträglich aus der Tasche zog. Mit einem Feuerzeug zündete er eine Kerze nach der anderen an und er und Arthur zählten mit. Nur bei Nummer vierzehn dauerte es einen Augenblick, bis sie zu brennen begann.

Als es so weit war, rief Vernon: »Biste bereit? *Good-bye* zwölf, willkommen dreizehn! Und nun wünsch dir was! Wir alle wünsch'n dir was, auf die Plätze, fertig – los!« Ich blies alle Kerzen auf einmal aus und Ella zog sie heraus, damit Vernon für jeden ein Stück Kuchen abschneiden konnte, und mein Pop schenkte Getränke nach.

Zum ersten Mal hatte ich das Gefühl, wirklich irgendwo hinzugehören. Als die Erdnüsse auf dem köstlichen Kuchen zwischen meinen Zähnen knackten, spürte ich wahre Liebe im Raum. Viel Glück und mein Detektivieren, aber besonders die Hilfe von Fremden hatten mir in schweren Zeiten durch gefährliche Fahrwasser geholfen – Fremde, die zu echten Freunden geworden waren.

Arthur legte die Hände um den Mund und stieß eine Fanfare aus. Dann brachte er den Korb herein, den er vor der Tür stehen gelassen hatte und der mit einer riesigen blauen Schleife verschlossen war. Er platzierte ihn auf dem Wohnzimmertisch und sagte, das sei sein Geschenk für mich. Ich hatte keine Ahnung, was darin sein mochte. Als ich das Band aufknotete und langsam den Deckel hob, hörte ich von drinnen ein leises Winseln und ein Golden-Retriever-Welpe streckte den Kopf aus dem Korb. Ich nahm den kleinen Hund auf den Arm und schmiegte mein Gesicht an ihn und alle klatschten begeistert.

»Arthur!«, rief ich. »Wo um Himmels willen hast du so einen …«

»Weißte«, unterbrach mich Vernon, »Pickles redet nich' so gern drüber, wo er die Sach'n herhat. Der hat da seine eignen Quellen.«

»Sie hat noch kein' Nam'n, das sollste selbst entscheid'n.

Aber'n bisschen Futter und Spielzeug is auch noch im Korb«, sagte Arthur.

Ich setzte die kleine Hündin auf den Boden und Ella stellte ihr eine Schale Wasser hin, die sie fröhlich ausschlabberte. Dann tapste sie schnüffelnd von einem zum anderen.

»Ich werde sie Hilda nennen«, sagte ich, hob sie hoch und rieb meine Nase an ihrer. »Willkommen, Hilda, willkommen!«

Achtunddreißigstes Ereignis

Am ersten Morgen meines dreizehnten Jahres ging ich mit Hilda zum ersten Mal Gassi. Stolz tapste sie am Ende der gelben Leine, die ich unten in Arthurs Korb gefunden hatte. Als wir um die Ecke auf die DeBaliviere Avenue bogen, sah ich die drei goldenen Kugeln über dem Geschäft von Pfandleiher Nathan in der Sonne glänzen. Das Schaufenster war voll mit Waren, vor allem mit Musikinstrumenten: Geigen, einem Banjo, Ukulelen, einem Akkordeon, einer Trommel und einem Flügelhorn. Aber es gab auch eine Ecke mit Schmuck und ich versuchte, unter den Ringen den braunen Diamanten meiner Mutter zu finden.

Während ich die Nase an die Scheibe presste, um die Ringe so gut wie möglich sehen zu können, öffnete sich die Tür und Nathan selbst streckte den Kopf heraus.

»Komm rein, Aaron, komm rein. Es passiert nicht sehr oft, dass eine Berühmtheit vor meiner Tür steht. Dein Pop war gestern mit der *Post-Dispatch* hier und hat ein bisschen mit dir angegeben.«

Ich kannte Nathan, weil ich manchmal mit meinem Vater mitgegangen war, wenn er etwas verpfändet hatte. Ich schaute mich immer gern in seinem Geschäft um. Die Leute brachten einige seltsame Dinge hierher. Verpfänden war ein trauriges Geschäft und sie taten mir leid. Besonders mein Vater, dem ich ansehen konnte, wie sehr er litt, wenn er etwas abgab, wofür er von Nathan Geld bekam.

Damit will ich aber nicht sagen, dass Nathan wie Shylock in *Der Kaufmann von Venedig* war, das wir bei Hilda Levy besprochen hatten. Er war ein fröhlicher Mann, der gern kernige Witze erzählte, und wenn er lachte, musste man auch lachen. Er war schon lange mit meinem Vater befreundet und hatte ihm zugesagt, seine Sachen nicht zu verkaufen, besonders den braunen Diamanten nicht, wenn es nicht unbedingt nötig war. Er war ein ordentlich gekleideter, gut aussehender Mann, ganz anders als der Shylock in unserem Shakespeare-Buch.

Wäre ich nicht zufällig in die DeBaliviere Avenue eingebogen, hätte ich nie an den braunen Diamanten gedacht und daran, was er meiner Mutter und meinem Vater bedeutete – all die Diskussionen, ob sie ihn verkaufen oder behalten sollten. Doch nun bekam mein Vater einen festen Job, für den Präsident Franklin D. Roosevelt die Garantie übernahm, meine Mutter käme bald geheilt nach Hause und ich war ganz gut bei Kasse, auch nachdem die Miete nachbezahlt war, wir Bertha mit neuen Reifen, Scheibenwischern, Kühler und Stoßstangen ausgestattet hatten, der Kühlschrank bis obenhin gefüllt war und wir auch die anderen Vorräte aufgestockt hatten.

»Ist das die Nadel?«, fragte Nathan und blickte auf mein Hemd. »Lob der Tapferkeit«, las er laut vor.

Hilda entschied, dass sie lange genug nicht beachtet worden war, und stellte sich mit den Vorderpfoten auf Nathans Schuhe. Er hob sie hoch und sie leckte ihm über die Nase. »Wen haben wir denn hier?«

»Sag Hallo, Hilda. Ich habe sie gestern zum Geburtstag geschenkt bekommen.«

Hilda leckte ihm noch einmal über die Nase und jaulte zwei Mal.

Mit der freien Hand öffnete Nathan eine Schublade und holte ein Vergrößerungsglas heraus, das er mir reichte. »Hast du so was schon?«

»Nein, Sir, nie gehabt.«

»Jetzt hast du eins. Herzlichen Glückwunsch zum Wievielten?«

»Dreizehnten. Ich wollte schon immer ein Vergrößerungsglas haben. Danke. Vielen, vielen Dank.«

Nathan setzte Hilda wieder auf den Boden.

»Mr Nathan«, sagte ich, »wenn man die ganzen Sachen sieht, die Sie hier haben, haben Sie sicher vielen Leuten geholfen, unter anderem meinem Vater, und wir sind Ihnen sehr dankbar, dass Sie unseren braunen Diamanten bislang nicht verkauft haben.«

»Ich weiß, wie viel er deinem Dad bedeutet, aber ganz ehrlich: Wenn ich einen guten Käufer finde, dann muss ich ihn verkaufen. Die Zeit, in der er ihn hätte auslösen können, ist lange vorbei.«

»Wie viel würde es kosten, ihn auszulösen?«

Nathan öffnete ein großes Rechnungsbuch.

»Einhundertvierzig.«

»Um ehrlich zu sein«, sagte ich, »hatte ich den braunen Diamanten bis eben ganz vergessen. Ein bisschen was habe ich noch von meiner Belohnung übrig. Ich wollte es meiner Mom geben, sobald sie nach Hause kommt, damit sie sich eine Weile keine Sorgen um Essen und Licht und um die Fahrscheine für die Tram und Benzin für Bertha machen muss. Aber jetzt überlege ich gerade, ob der braune Diamant an ihrem Finger ihr nicht vielleicht sogar mehr bedeuten würde. Vielleicht steht er für die Liebe meiner Eltern zueinander. Ich habe noch nicht viel über Liebe nachgedacht, aber was meinen Sie? So machen die Leute es doch, oder? Sie kommen her und geben Dinge ab, obwohl sie ihnen lieb und teuer sind. Und manchmal, wenn sie Glück haben, können sie sie zurückkaufen und dann fühlt sich ihr Leben wieder ein bisschen besser an.«

»Nun, Aaron«, sagte Nathan, »es ist richtig, dass es mein Geschäft ist, Menschen in schwierigen Situationen Dinge abzukaufen, die ihnen viel bedeuten. Und obwohl ich versuche, so fair wie möglich zu sein, weiß ich, dass ihnen der Moment wehtut, in dem sie mir den Gegenstand überlassen und ich ihnen das Geld dafür gebe. Ich habe keine Familie, ich habe nie geheiratet, aber dass man an gewissen Dingen hängt, weiß ich trotzdem.«

In dem Moment nahm ich ein seltsames, sehnsuchtsvolles Verlangen in mir wahr. Wie gesagt, ich hatte noch nicht viel über die Liebe nachgedacht. Noch nie hatte ich die drei Worte zu irgendjemandem gesagt und doch trug ich sie offensichtlich in mir. Ich sah mich, wie ich meinen Eltern den Ring zurückgab. Ich spürte ihre Freude, die Tränen meiner Mutter, wie mein Pop sie in den Arm nahm. Prompt wurden meine Augen ein wenig feucht und ich wandte mich von Mr Nathan ab, damit er es nicht bemerkte.

Dann schob ich meine Hand in die Tasche, zog die zusammengerollten Geldscheine hervor, die mit einem Gummiband zusammengehalten waren, und begann, den Preis für den Ring abzuzählen.

»Sagen wir, einhundert glatt«, entschied Nathan.

Viel war danach trotzdem nicht mehr übrig, aber ich fühlte mich wirklich gut, wie an dem Tag, als wir das Meisterschaftsspiel im Baseball gewonnen hatten und ich von den Leuten aus meiner Mannschaft auf die Schultern gehoben und herumgetragen worden war.

Nathan polierte den Ring mit einem speziellen Tuch und

steckte ihn in eine kleine, mit Samt ausgekleidete Schachtel. Dann legte er den Arm um mich und begleitete mich zur Tür. Und Hilda ließ es sich nicht nehmen, an einer prächtigen Platane vor dem Geschäft des Pfandleihers eine Glückslache zu hinterlassen, bevor wir unseren Weg zum Forest Park fortsetzten.

E pluribus unum.

Dank

Zum ersten Mal begegnet bin ich meiner Verlegerin Nan Talese vor 54 Jahren im Büro von Bennett Cerf, dem Mitbegründer von Random House. Ich hatte gerade *Papa Hemingway* geschrieben, Memoiren über meine lange Freundschaft mit Ernest Hemingway. Bennett verlegte das Buch – mein erstes – und bat mich in sein Büro, damit ich die Person, die er damit betraut hatte, kennenlernte. Ich hatte gehofft, dort auf einen seiner namhaften, langjährigen Verlagsmitarbeiter zu treffen, doch dann betrat eine äußerst attraktive, noch ziemlich junge Frau den Raum, die ich erst für eine Praktikantin hielt. Ich nahm an, sie würde mich zu einem dieser namhaften Leute bringen. Doch weit gefehlt. Die junge Frau sollte sich als die ideale Lektorin für mein Buch – und für mich – entpuppen, mit einem intuitiven Verständnis für den Mann, über den ich schrieb. Sie griff nicht ein, sie lenkte mich, machte Vorschläge und stellte Fragen, die mich weit über das hinaustrugen, was ich bis dahin für meine Grenzen gehalten hatte.

In den vielen Jahren, die seitdem vergangen sind, lektorierte Nan zahlreiche meiner Bücher und ihre umfassenden Fähigkeiten und Erkenntnisse trugen zur Verbesserung jedes einzelnen bei, dieses hier eingeschlossen. Darüber hinaus bin ich sowohl mit ihr als auch mit ihrem Mann Gay Talese eng befreundet. So soll es sein: Eine gute Lektorin wird Teil der Familie und ich bin stolz darauf, dass dies bei Nan der Fall ist.

Einmal mehr machte meine Frau Virginia in der herausfordernden und chaotischen Zeit, während ich dieses Buch schrieb, ihren ausgleichenden und hilfreichen Einfluss in vielerlei Hinsicht geltend, wie sie es auch schon bei meinen früheren Veröffentlichungen getan hatte; an einem meiner Lieblingswerke, *O. J. in the Morning, G&T at Night*, war sie sogar selbst aktiv beteiligt.

≡ Journalist und Autor **A. E. Hotchner** schrieb Drehbücher für Theater und Film, Biografien unvergesslicher Weltstars wie Ernest Hemingway, Doris Day und Sophia Loren und mehrere Bücher mit Paul Newman, aber auch seine eigene Geschichte als Kind der Weltwirtschaftskrise, die unter dem Titel »Der König der Murmelspieler« in die Kinos kam. Als Hundertjähriger tauchte er mit »Die erstaunlichen Abenteuer des Aaron Broom« erneut in jene turbulente Zeit ein. Im Februar 2020 starb er im Alter von 102 Jahren.

≡ **Anja Malich,** gebürtige Lüneburgerin, studierte Literaturübersetzen in Düsseldorf. Nach diversen Stationen in der Verlags- und Werbebranche übersetzt sie mittlerweile seit mehr als zwanzig Jahren Bücher aus dem Englischen und Französischen. Sie lebt mit ihrer Familie in Wien.

≡ **Tim Köhler** arbeitete schon während des Studiums an der HAW Hamburg als Magazin- und Bilderbuch-Illustrator. Seine detailreichen Bilder – zuletzt in Volker Mehnerts »Magellan« – sind laut *KinderZeitMaschine* »ein Erlebnis«. Die Inspiration dazu findet er in Film, Literatur und Alltag.

MIX
Papier aus verantwortungsvollen Quellen
FSC® C014496

1. Auflage 2021
Die Originalausgabe erschien unter dem Titel
The Amazing Adventures of Aaron Broom bei Nan A. Talese/Doubleday,
a division of Penguin Random House LLC, New York

Übersetzung: Anja Malich
Umschlag- und Innenillustrationen: Tim Köhler
Druck und Bindung: GGP Media GmbH, Pößneck
Printed in Germany
ISBN 978-3-8369-6073-1
www.gerstenberg-verlag.de

CHEW
WHITE'S
YUCATAN
GUM
Oliver
HARDY
HEADQUARTERS FOR
TOMLINSON'S
DEAD SHOT AND QUICK RELIEF OIL
WALT
ST. LOUIS
LUNCHROOM
5¢
FRU